LE REGARD D'ALBÂTRE

Roman

Sara Yousef

Global East-West (GEW) Ltd

ÉGALEMENT PAR SARA YOUSEF

L'Empire invisible: Abdulrazak Gurnah et l'héritage du colonialisme (Littératures du monde). Global East-West (GEW),2025.

TABLE

PREMIÈRE PARTIE

Le corps

1

LA DÉCOUVERTE

(16 h 30)

Marie était dans la salle de bain, où la lumière blanche aveuglante lui faisait mal aux yeux et où le sol carrelé froid transperçait ses fines pantoufles. L'eau froide coulait sur ses mains sans discontinuer, la ramenant à la réalité d'une manière que le chaos qui venait de se produire n'avait pas réussi à faire. Au début, elle n'arrivait pas à croire ce qui venait de se passer. Elle avait la poitrine oppressée, comme si elle refusait d'accepter la réalité. Mais maintenant, alors que le choc s'estompait progressivement, un calme clair et habitué commençait à s'installer en elle. C'était le même calme sur lequel elle comptait lorsqu'elle se lavait les mains avant une longue intervention, lorsqu'elle devait se débarrasser de toutes les distractions afin que ses mains puissent bouger avec précision et détermination.

L'odeur de l'antiseptique emplissait la petite pièce. Elle était âcre et clinique, couvrant l'odeur persistante de quelque chose de plus sombre et plus personnel. Même si elle essayait de les contrôler, ses doigts tremblaient. Le sang qui n'était pas le sien, qui maculait ses ongles, ne cessait de le lui rappeler. Elle regardait la mousse savonneuse bouillonner et glisser entre ses doigts. Chaque frottement était un rappel silencieux à rester concentrée. C'était devenu une seconde nature : paumes, dos des mains, entre les doigts et ongles. Le geste était mécanique, mais à l'intérieur, une tempête d'inquiétude grandissait à chaque seconde qui passait.

Marie retint son souffle lorsque le souvenir de ce qui venait de se passer lui revint à l'esprit : le visage pâle de Julien et cette lueur indéchiffrable qui avait vacillé dans ses yeux. Elle ne se contentait pas d'effacer une mort ; elle effaçait le poids de tout ce qui avait été dit et le silence soudain et insupportable qui avait suivi. Ses mains bougeaient toutes seules, mais son esprit passait en revue toutes les options et les vérités à demi cachées. L'eau était froide, la serviette en papier était rugueuse lorsqu'elle s'essuya les mains, et il y avait ce silence impossible, comme le moment qui précède la lecture d'un verdict, dans l'attente que la tempête éclate. Ces mains, qui étaient assez fermes pour sauver des vies, tremblaient maintenant du secret de ce qui s'était réellement passé.

Marie se laissa envahir par une vague de panique dans cet espace stérile avant de la repousser dans le cercle étroit du contrôle sur lequel elle s'appuyait. Se laver les mains n'était pas seulement une question d'hygiène, c'était aussi une manière provisoire de remettre de l'ordre dans le chaos. C'était un rituel qui marquait le passage du choc à quelque chose de plus difficile : la détermination. La femme dans le miroir de la salle de bain semblait calme, mais ce reflet n'était qu'un masque qu'elle portait avec soin. Le poids de la nuit pesait sur sa peau, lui rappelant qu'aucun lavage ne pourrait effacer complètement ce qui venait de se passer.

Alors que Sloane fouillait dans le petit sac en cuir qu'elle emportait partout avec elle, ses mains tremblaient légèrement. Elle passa ses doigts sur la surface froide et rugueuse de l'enveloppe qu'elle cachait depuis des semaines, sentant son poids comme un fardeau silencieux. À l'intérieur se trouvait un morceau de papier soigneusement plié et écrit bien avant le dernier jour de Julien. Elle l'avait rédigé pendant un moment de calme, alors que la maison était vide et que son esprit était envahi par les peurs et les doutes. À présent, elle passait ses doigts sur les bords de la note, déchirée entre le désir de dire la vérité et la peur que cela ne change tout.

Il n'y avait qu'une seule lampe de bureau dans la pièce, et elle clignotait, rendant l'atmosphère sombre. Dehors, des ombres s'étendaient sur les murs, épaisses et lourdes, tout comme le poids dans sa poitrine. Sloane retint son souffle et ferma les yeux un instant pour se calmer. Puis elle ouvrit lentement le papier. Les mots qu'elle avait écrits faisaient passer le dernier geste de Julien pour un sacrifice tragique mais noble, un dernier acte de maîtrise artistique. On aurait dit qu'il confessait son propre désespoir, une supplique désespérée enveloppée dans un langage poétique que seule une personne qui le connaissait bien pouvait comprendre. Elle se raidit lorsque ses doigts touchèrent l'encre, se souvenant à quel point Julien avait réfléchi à chaque mot : ce qu'il voulait dire, ce qu'il espérait dire, et la dure vérité qui se cachait derrière les lignes.

Elle prit une profonde inspiration et glissa soigneusement le mot dans une pochette en plastique pour le mettre en sécurité. Son regard reflétait à la fois l'espoir et la peur. Elle se dirigea lentement vers le bureau de Byrne, prenant son temps et faisant attention. La maison était si calme que les seuls bruits étaient le faible ronronnement du vieux radiateur et les battements de son propre cœur. Sloane pouvait sentir le poids de ce qu'elle s'apprêtait à faire lorsqu'elle entra enfin dans la pièce où Byrne examinait des dossiers. Elle rompit le silence d'une voix douce mais ferme en faisant glisser le mot sur le bureau d'une main tremblante. Elle observa attentivement le visage de Byrne, à la recherche d'un signe de reconnaissance ou de suspicion. Elle était à fleur de peau, espérant que ce bout de papier allait enfin changer l'histoire de la mort de Julien, la faisant passer d'un accident ou d'une maladie à la vérité : son suicide soigneusement planifié, dont il devait répondre.

L'enquêteuse lut les phrases soigneusement choisies sur la page, et ses yeux se plissèrent tandis qu'elle le faisait. L'air était chargé de secrets tacites, et l'atmosphère dans la pièce devint inconfortable. La voix de Sloane tremblait légèrement lorsqu'elle expliqua à Julien pourquoi elle pensait qu'il était un héros tragique plutôt qu'une personne décédée dans un accident. Elle ajouta que le dernier geste de Julien témoignait de son intégrité artistique, même s'il lui avait été trop douloureux à accomplir. Chaque ligne avait pour but de convaincre Byrne que la mort de Julien n'était pas un accident, mais le résultat d'une décision mûrement réfléchie, avec autant de conviction que de vulnérabilité. Byrne lut attentivement la note, et les mots restèrent suspendus dans l'air, lourds et flous. Ses yeux brillèrent d'un éclat de doute et d'une lueur de compréhension qui fit retenir son souffle à Sloane, se demandant si sa vérité était enfin en train de briser le mur du doute.

Mila était assise sur son vieux canapé, et la faible lumière de la télévision projetait des ombres qui bougeaient sur les murs. Chaque seconde qui faisait battre son cœur plus fort l'inquiétait davantage. La voix de la présentatrice était douce, mais on aurait dit que les mots restaient coincés dans sa gorge. Julien Vane, celui qui l'avait autrefois inspirée à écrire, était mort. Les détails étaient révélés comme un accident de train au ralenti, et elle ne pouvait détourner le regard. Les gens se demandaient s'il s'agissait d'un suicide, d'un accident ou de quelque chose de bien pire. Son esprit devenait de plus en plus confus à mesure qu'elle entendait des fragments de leur dernière conversation dans sa tête. Les choses avaient changé depuis lors, et maintenant, elles lui semblaient être un écho lointain, plein de mélancolie et de doute. Les reportages donnaient beaucoup d'informations sur sa mort, qui restait un mystère. L'appartement était anormalement calme, à l'exception du journal télévisé qui continuait de passer, ce qui ne faisait que la rendre encore plus confuse. Elle ne remarqua même pas la tasse de café froid et oublié sur la table. En plus du goût amer de l'anxiété qui lui restait dans la gorge, il y avait une odeur d'amertume. Était-ce la conclusion du dernier grand travail de Julien ? Ou n'étaient-ce que des fragments de sa grande histoire ? Mila eut un haut-le-cœur. Elle sentait l'angoisse lui remonter dans le dos, se mêlant à la douleur d'avoir perdu quelqu'un. C'était trop difficile à supporter. Elle se sentait horrible à l'idée de l'impact que cela aurait sur elle s'il venait à mourir. Que se passerait-il si tout le monde apprenait qu'elle le voyait ? Elle se sentait complètement seule dans le silence qui suivit le reportage.

L'inspectrice Byrne entra dans le salon, ses bottes ne faisant pratiquement aucun bruit sur le parquet ciré. L'atmosphère à l'intérieur était étrangement calme, sans aucun signe du chaos auquel elle s'attendait. Il n'y avait ni désordre ni traces de lutte ; au contraire, toutes les surfaces brillaient. L'air était stérile et silencieux, comme si quelqu'un avait nettoyé non seulement la saleté, mais aussi tout signe de vie ou de conflit. Le canapé était parfaitement arrangé, les coussins étaient juste assez moelleux, et pas un seul livre ou morceau de papier n'était hors de place. Il y avait même une légère odeur de nettoyant parfumé au citron dans l'air. Elle était vive et propre, coupant la lourdeur terne qui remplissait habituellement les pièces où quelque chose de grave s'était produit. L'impression était dérangeante — trop ordonnée, trop précise — comme un décor figé dans le temps, attendant des acteurs qui étaient déjà partis.

Les yeux de Byrne se déplaçaient lentement, enregistrant les choses qui n'auraient pas dû être là ou qui auraient pu manquer. Elle remarqua un verre à moitié plein sur la table d'appoint, mais il semblait que personne ne l'avait touché. La lumière faisait briller le liquide. Les rideaux étaient tirés, laissant entrer beaucoup de lumière, mais celle-ci ne réchauffait en rien les murs. C'était comme si tout avait été nettoyé de toute panique ou précipitation, ce que Byrne avait l'habitude de ressentir lorsqu'il était proche de la mort. Elle savait à quoi ressemblait une scène de crime juste après les faits : un désordre, avec des mouvements rapides se traduisant par une certaine confusion. Ici, rien ne bougeait. Le silence était pesant, comme l'absence de battements de cœur dans sa poitrine.

Elle prit une lente inspiration. Il y avait une légère odeur métallique dans l'air qui lui piquait le nez, mais elle était si faible qu'elle crut que c'était son imagination. La maison, qui était censée être un lieu sûr, lui semblait étrange. Byrne avait déjà séjourné dans de nombreuses maisons où les gens étaient en colère, effrayés, tristes ou désespérés. Mais celle-ci était trop propre et trop calme. Ce calme parfait lui donnait l'impression d'un masque tendu sur quelque chose de beaucoup plus compliqué en dessous.

Marie West était assise, parfaitement immobile, dans un fauteuil à l'autre bout de la pièce. Elle se tenait droite, inflexible, aussi calme qu'un chirurgien avant une opération délicate. Ses doigts tapotaient le manche du fauteuil en rythme, mais son visage ne trahissait aucune émotion. Sa voix ne laissa transparaître aucune surprise lorsque Byrne entra silencieusement. Le calme de Marie la mit mal à l'aise. C'était un calme acquis par l'expérience, qui ne venait pas de l'acceptation des choses, mais de leur maîtrise minutieuse. Ses lèvres étaient pincées en une fine ligne, et ses yeux fixaient l'horizon avec le regard déterminé de quelqu'un qui s'était entraîné à maintes reprises pour ce moment, cachant ce qui se passait à l'intérieur. La différence entre le calme qui l'entourait et la tempête que Byrne ressentait à l'intérieur était nette, comme du verre sur le point de se briser.

Byrne se sentait mal à l'aise avec Marie. Elle avait déjà été confrontée au chagrin, sous ses formes brutes, brutales et parfois violentes, mais là, c'était différent. Le calme de Marie cachait plus que sa tristesse ; c'était un mur de distance. Marie se comportait de manière clinique, comme si elle observait une situation qu'elle devait contrôler à tout prix. Elle était calme mais alerte. Ce n'était pas le calme qui suit un événement traumatisant, lorsque l'on est confus. C'était un calme calculé qui donnait la chair de poule à Byrne. Le silence de Marie en disait plus long que n'importe quel mot. Quelque chose n'allait pas.

Byrne plissa les yeux en regardant la femme qu'elle savait être la meilleure amie de la défunte. Tout dans ce moment fragile semblait faux, comme le fait que Marie ne soit pas essoufflée et ne pleure pas, même si elle était si triste. C'était comme si Marie était derrière un mur de verre, intouchable et séparée, se protégeant de toute vérité qui pourrait être révélée. Byrne pouvait voir que quelqu'un était très bouleversé, mais déterminé à garder un front infranchissable.

2
LA SCÈNE

(16 h 45 - 17 h 30)

Marie était dans la salle de bain, où la lumière blanche aveuglante lui faisait mal aux yeux et où le sol carrelé froid transperçait ses fines pantoufles. L'eau froide coulait sur ses mains sans discontinuer, la ramenant à la réalité d'une manière que le chaos qui venait de se produire n'avait pas réussi à faire. Au début, elle n'arrivait pas à croire ce qui venait de se passer. Elle avait la poitrine oppressée, comme si elle refusait d'accepter la réalité. Mais, maintenant, alors que le choc s'estompait progressivement, un calme clair et habitué commençait à s'installer en elle. C'était le même calme sur lequel elle comptait lorsqu'elle se lavait les mains avant une intervention interminable, lorsqu'elle devait se débarrasser de toutes les distractions afin que ses mains puissent bouger avec précision et détermination.

L'odeur de l'antiseptique emplissait la petite pièce. Elle était âcre et clinique, couvrant l'odeur persistante de quelque chose de plus sombre et plus personnel. Même si elle essayait de les contrôler, ses doigts tremblaient. Le sang qui n'était pas le sien, qui maculait ses ongles, ne cessait de le lui rappeler. Elle regardait la mousse savonneuse bouillonner et glisser entre ses doigts. Chaque frottement était un rappel silencieux à rester concentrée. C'était devenu une seconde nature : paumes, dos des mains, entre les doigts et ongles. Le geste était mécanique, mais à l'intérieur, une tempête d'inquiétude grandissait à chaque seconde qui passait.

Marie retint son souffle lorsque le souvenir de ce qui venait de se passer lui revint à l'esprit : le visage pâle de Julien et cette lueur indéchiffrable qui avait vacillé dans ses yeux. Elle ne se contentait pas d'effacer une mort ; elle effaçait le poids de tout ce qui avait été dit et le silence soudain et insupportable qui avait suivi. Ses mains bougeaient toutes seules, mais son esprit passait en revue toutes les options et les vérités à demi cachées. L'eau était froide, la serviette en papier était rugueuse lorsqu'elle s'essuya les mains, et il y avait ce silence impossible, comme le moment qui précède la lecture d'un verdict, dans l'attente que la tempête éclate. Ces mains, qui étaient assez fermes pour sauver des vies, tremblaient maintenant du secret de ce qui s'était réellement passé.

Marie se laissa envahir par une vague de panique dans cet espace stérile avant de la repousser dans le cercle étroit du contrôle sur lequel elle s'appuyait. Se laver les mains n'était pas seulement une question d'hygiène, c'était aussi une manière provisoire de remettre de l'ordre dans le chaos. C'était un rituel qui marquait le passage du choc à quelque chose de plus difficile : la détermination. La femme dans le miroir de la salle de bain semblait calme, mais ce reflet n'était qu'un masque qu'elle portait avec soin. Le poids de la nuit pesait sur sa peau, lui rappelant qu'aucun lavage ne pourrait effacer complètement ce qui venait de se passer.

Alors que Sloane fouillait dans le petit sac en cuir qu'elle emportait partout avec elle, ses mains tremblaient légèrement. Elle passa ses doigts sur la surface froide et rugueuse de l'enveloppe qu'elle cachait depuis des semaines, sentant son poids comme un fardeau silencieux. À l'intérieur se trouvait un morceau de papier soigneusement plié et écrit bien avant le dernier jour de Julien. Elle l'avait rédigé pendant un moment de calme, alors que la maison était vide et que son esprit était envahi par les peurs et les doutes. À présent, elle passait ses doigts sur les bords de la note, déchirée entre le désir de dire la vérité et la peur que cela ne change tout.

Il n'y avait qu'une seule lampe de bureau dans la pièce, et elle clignotait, rendant l'atmosphère sombre. Dehors, des ombres s'étendaient sur les murs, épaisses et lourdes, tout comme le poids dans sa poitrine. Sloane retint son souffle et ferma les yeux un instant pour se calmer. Puis elle ouvrit lentement le papier. Les mots qu'elle avait écrits faisaient passer le dernier geste de Julien pour un sacrifice tragique mais noble, un dernier acte de maîtrise artistique. On aurait dit qu'il confessait son propre désespoir, une supplique désespérée enveloppée dans un langage poétique que seule une personne qui le connaissait bien pouvait comprendre. Elle se raidit lorsque ses doigts touchèrent l'encre, se souvenant à quel point Julien avait réfléchi à chaque mot : ce qu'il voulait dire, ce qu'il espérait dire, et la dure vérité qui se cachait derrière les lignes.

Elle prit une profonde inspiration et glissa soigneusement le mot dans une pochette en plastique pour le mettre en sécurité. Son regard reflétait à la fois l'espoir et la peur. Elle se dirigea lentement vers le bureau de Byrne, prenant son temps et faisant attention. La maison était si calme que les seuls bruits étaient le faible ronronnement du vieux radiateur et les battements de son propre cœur. Sloane pouvait sentir le poids de ce qu'elle s'apprêtait à faire lorsqu'elle entra enfin dans la pièce où Byrne examinait des dossiers. Elle rompit le silence d'une voix douce mais ferme en faisant glisser le mot sur le bureau d'une main tremblante. Elle observa attentivement le visage de Byrne, à la recherche d'un signe de reconnaissance ou de suspicion. Elle était à fleur de peau, espérant que ce bout de papier allait enfin changer l'histoire de la mort de Julien, la faisant passer d'un accident ou d'une maladie à la vérité : son suicide soigneusement planifié, dont il devait répondre.

L'enquêteuse lut les phrases soigneusement choisies sur la page, et ses yeux se plissèrent tandis qu'elle le faisait. L'air était chargé de secrets tacites, et l'atmosphère dans la pièce devint inconfortable. La voix de Sloane tremblait légèrement lorsqu'elle expliqua à Julien pourquoi elle pensait qu'il était un héros tragique plutôt qu'une personne décédée dans un accident. Elle ajouta que le dernier geste de Julien témoignait de son intégrité artistique, même s'il lui avait été trop douloureux à accomplir. Chaque ligne avait pour but de convaincre Byrne que la mort de Julien n'était pas un accident, mais le résultat d'une décision mûrement réfléchie, avec autant de conviction que de vulnérabilité. Byrne lut attentivement la note, et les mots restèrent suspendus dans l'air, lourds et flous. Ses yeux brillèrent d'un éclat de doute et d'une lueur de compréhension qui fit retenir son souffle à Sloane, se demandant si sa vérité était enfin en train de briser le mur du doute.

Mila était assise sur son vieux canapé, et la faible lumière de la télévision projetait des ombres qui bougeaient sur les murs. Chaque seconde qui faisait battre son cœur plus fort l'inquiétait davantage. La voix de la présentatrice était douce, mais on aurait dit que les mots restaient coincés dans sa gorge. Julien Vane, celui qui l'avait autrefois inspirée à écrire, était mort. Les détails étaient révélés comme un accident de train au ralenti, et elle ne pouvait détourner le regard. Les gens se demandaient s'il s'agissait d'un suicide, d'un accident ou de quelque chose de bien pire. Son esprit devenait de plus en plus confus à mesure qu'elle entendait des fragments de leur dernière conversation dans sa tête. Les choses avaient changé depuis lors, et maintenant, elles lui semblaient être un écho lointain, plein de mélancolie et de doute. Les reportages donnaient beaucoup d'informations sur sa mort, qui restait un mystère. L'appartement était anormalement calme, à l'exception du journal télévisé qui continuait de passer, ce qui ne faisait que la rendre encore plus confuse. Elle ne remarqua même pas la tasse de café froid et oublié sur la table. En plus du goût amer de l'anxiété qui lui restait dans la gorge, il y avait une odeur d'amertume. Était-ce la conclusion du dernier grand travail de Julien ? Ou n'étaient-ce que des fragments de sa grande histoire ? Mila eut un haut-le-cœur. Elle sentait l'angoisse lui remonter dans le dos, se mêlant à la douleur d'avoir perdu quelqu'un. C'était trop difficile à supporter. Elle se sentait horrible à l'idée de l'impact que cela aurait sur elle s'il venait à mourir. Que se passerait-il si tout le monde apprenait qu'elle le voyait ? Elle se sentait complètement seule dans le silence qui suivit le reportage.

L'inspectrice Byrne entra dans le salon, ses bottes ne faisant pratiquement aucun bruit sur le parquet ciré. L'atmosphère à l'intérieur était étrangement calme, sans aucun signe du chaos auquel elle s'attendait. Il n'y avait ni désordre ni traces de lutte ; au contraire, toutes les surfaces brillaient. L'air était stérile et silencieux, comme si quelqu'un avait nettoyé non seulement la saleté, mais aussi tout signe de vie ou de conflit. Le canapé était parfaitement arrangé, les coussins étaient juste assez moelleux, et pas un seul livre ou morceau de papier n'était hors de place. Il y avait même une légère odeur de nettoyant parfumé au citron dans l'air. Elle était vive et propre, coupant la lourdeur terne qui remplissait habituellement les pièces où quelque chose de grave s'était produit. L'impression était dérangeante — trop ordonnée, trop précise — comme un décor figé dans le temps, attendant des acteurs qui étaient déjà partis.

Les yeux de Byrne se déplaçaient lentement, enregistrant les choses qui n'auraient pas dû être là ou qui auraient pu manquer. Elle remarqua un verre à moitié plein sur la table d'appoint, mais apparemment, personne ne l'avait touché. La lumière faisait briller le liquide. Les rideaux étaient tirés, laissant entrer beaucoup de lumière, mais celle-ci ne réchauffait en rien les murs. C'était comme si tout avait été nettoyé de toute panique ou précipitation, ce que Byrne avait l'habitude de ressentir lorsqu'il était proche de la mort. Elle savait à quoi ressemblait une scène de crime juste après les faits : un désordre, avec des mouvements rapides se traduisant par une certaine confusion. Ici, rien ne bougeait. Le silence était pesant, comme l'absence de battements de cœur dans sa poitrine.

Elle prit une lente inspiration. Il y avait une légère odeur métallique dans l'air qui lui piquait le nez, mais elle était si faible qu'elle crut que c'était son imagination. La maison, qui était censée être un lieu sûr, lui semblait étrange. Byrne avait déjà séjourné dans de nombreuses maisons où les gens étaient en colère, effrayés, tristes ou désespérés. Mais, celle-ci était trop propre et trop calme. Ce calme parfait lui donnait l'impression d'un masque tendu sur quelque chose de beaucoup plus compliqué en dessous.

Marie West était assise, parfaitement immobile, dans un fauteuil à l'autre bout de la pièce. Elle se tenait droite, inflexible, aussi calme qu'un chirurgien avant une opération délicate. Ses doigts tapotaient le manche du fauteuil en rythme, mais son visage ne trahissait aucune émotion. Sa voix ne laissa transparaître aucune surprise lorsque Byrne entra silencieusement. Le calme de Marie la mit mal à l'aise. C'était un calme acquis par l'expérience, qui ne venait pas de l'acceptation des choses, mais de leur maîtrise minutieuse. Ses lèvres étaient pincées en une fine ligne, et ses yeux fixaient l'horizon avec le regard déterminé de quelqu'un qui s'était entraîné à maintes reprises pour ce moment, cachant ce qui se passait à l'intérieur. La différence entre le calme qui l'entourait et la tempête que Byrne ressentait à l'intérieur était nette, comme du verre sur le point de se briser.

Byrne se sentait mal à l'aise avec Marie. Elle avait déjà été confrontée au chagrin, sous ses formes brutes, brutales et parfois violentes, mais là, c'était différent. Le calme de Marie cachait plus que sa tristesse ; c'était un mur de distance. Marie se comportait de manière clinique, comme si elle observait une situation qu'elle devait contrôler à tout prix. Elle était calme mais alerte. Ce n'était pas le calme qui suit un événement traumatisant, lorsque l'on est confus. C'était un calme calculé qui donnait la chair de poule à Byrne. Le silence de Marie en disait plus que n'importe quel mot. Quelque chose n'allait pas.

Byrne plissa les yeux en regardant la femme qu'elle savait être la meilleure amie de la défunte. Tout dans ce moment fragile semblait faux, comme le fait que Marie ne soit pas essoufflée et ne pleure pas, même si elle était si triste. C'était comme si Marie était derrière un mur de verre, intouchable et séparée, se protégeant de toute vérité qui pourrait être révélée. Byrne pouvait voir que quelqu'un était très bouleversé, mais déterminé à garder un front infranchissable.

3

LA « VÉRITÉ » SUR LA MORT

Marie restait immobile dans la salle d'entretien, les doigts tremblants tandis qu'elle se préparait. Sa voix était calme, mais semblait aussi fragile, chaque mot étant pesé tandis qu'elle racontait ce qui s'était passé ce matin-là. Julien, disait-elle, était de plus en plus fatigué ces dernières semaines, souffrant de ce que les médecins appelaient un déclin neurologique. Aussi obstinément qu'il s'était opposé à suivre les conseils, elle l'avait encouragé à le faire et l'avait regardé les refuser d'un geste fort, presque provocateur. Ce matin-là, il avait tout refusé : les comprimés, son petit-déjeuner, ses tentatives pour lui tenir compagnie. Elle se souvenait avoir ressenti une pointe de frustration, mais avait pensé qu'il voulait simplement être seul. Quand elle est allée voir comment il allait une heure plus tard, il était toujours dans leur chambre, dans le même état que lorsqu'elle l'avait laissé, mais il ne respirait plus, et elle a eu le sentiment durable que la fin était venue tranquillement, naturellement, sans drame ni avertissement, d'une cause plus grande qu'eux.

Ses mots dépeignaient un homme fatigué, fragile, peut-être résigné. Elle souligna que, bien qu'il ait refusé de prendre ses médicaments, il ne montrait aucun signe de détresse immédiate. Elle était simplement attentive à son calme apparent et à sa respiration régulière, et elle n'avait aucune raison de penser que quelque chose n'allait pas jusqu'à ce qu'elle le trouve inerte. Mais sous son ton mesuré, il y avait une lueur d'autre chose, un courant sous-jacent d'anxiété qu'elle ne pouvait tout à fait dissimuler. Ses notes tremblaient dans ses mains et sa voix bégayait lorsqu'elle racontait avoir appelé les services d'urgence, ce qu'ils avaient fait pour prolonger la vie, comment elle avait essayé d'aider, et le sentiment rampant que ce n'était qu'un jour de plus dans leur lente et régulière marche vers la fin inévitable. Son histoire était censée être simple : une mort naturelle, banale, sans rien de louche ni d'étrange, juste un vieil homme qui avait décidé de s'endormir et de s'éteindre.

« Vous êtes venus ici parce que vous avez entendu parler de mon offre et que je ne suis pas du genre à me cacher dans l'ombre, oui, probablement un verre à la main », dit Marie.

Sa voix se déplaça légèrement pendant une seconde, et elle détestait cela. Ce qu'elle disait semblait trop beau pour être vrai, mais ses mains la trahissaient. Elles tremblaient juste assez pour attirer l'attention des enquêteurs, qui la surveillaient de près. Elle se montrait professionnelle, la tête baissée, décrivant le déclin de Julien comme si elle lisait un rapport médical et évitant soigneusement toute référence à des liens émotionnels ou à des sentiments personnels. Tous les détails concernant les horaires de prise de médicaments, sa faible prise et ses mouvements lents et apparents étaient traités comme des faits. Elle voulait que les autorités voient un homme à la fin de sa vie, déclinant paisiblement sous le poids de l'âge et de la maladie. Mais sous ce voile de détachement, un tremblement d'inquiétude persistait : était-ce de la tristesse ou de la honte ? Son esprit était envahi par des pensées sur ce qu'on allait découvrir à propos de cette matinée, sur la question de savoir si son inquiétude secrète — que Julien ait besoin de médicaments qu'il ne prendrait pas — serait révélée au grand jour.

Cependant, sa tentative de paraître calme était une manœuvre transparente visant à détourner l'attention du type de mort naturelle qui aurait incité les agents à se focaliser sur elle. Ses mots étaient précis, et elle se retenait de laisser transparaître le moindre soupçon de préméditation ou de malveillance. Mais son cœur se mettait à battre à tout rompre chaque fois qu'elle pensait au petit flacon de pilules dans sa trousse médicale, lorsqu'elle se souvenait avoir repoussé le même flacon que Julien avait repoussé ce matin-là. Elle craignait que sa propre nervosité ne soit confondue avec de la culpabilité, ou que son récit mesuré et calme ne satisfasse pas la curiosité des policiers et que l'affaire ne s'éternise. Elle savait qu'ils pourraient déceler son tourment intérieur s'ils cherchaient suffisamment, mais elle espérait que, pour l'instant, cette offre pathétique permettrait de maintenir l'illusion que tout cela faisait partie des aléas de la vie.

Consciente de la tension qui régnait à ce moment-là, elle gardait l'espoir que son récit correspondrait suffisamment à la version de Stewart pour préserver sa réputation et que, plutôt que de paraître ridicule, sa distance professionnelle semblerait justifiée. Mais elle devait également apprendre à gérer l'inquiétante incertitude liée au fait que ses propres peurs refoulées — celle d'échouer et de perdre le contrôle de la santé de Julien — pourraient tout détruire si elles étaient révélées. Elle a donc gardé son sang-froid, cachant derrière une façade professionnelle la tempête qui se préparait à l'intérieur, parlant d'une voix calme et posée, immobile, alors que son estomac commençait à se nouer sous l'effet d'un sentiment de décomposition rampant.

Sloane se tenait dans le bureau sombre de Julien, l'air chargé de l'odeur des livres moisis et de l'encre qui s'était répandue d'un pot renversé. Elle se souvenait du froncement de sourcils inquiet qui plissait son front lorsqu'il tapotait nerveusement du doigt sur son bureau, tendu sous le poids des attentes des gens. Il se nourrissait de cette tension, mais elle l'étouffait également. Dans son esprit, Julien était un homme pris au piège dans un tourbillon sans fin de création et de désespoir, luttant contre des forces invisibles en tant que superstar littéraire. Le monde exigeait de lui de grandes choses, et le poids de ce fardeau s'accrochait à son âme comme une chaîne.

La note qu'il avait laissée n'était pas seulement des mots écrits sur du papier ; c'était une fenêtre sur son esprit et son cœur tourmentés. C'était tout ce que Sloane s'était efforcée de comprendre. Chaque ligne ressemblait à une supplication, une confession qui allait au cœur même de ses tourments. Elle y lut les symptômes d'un homme surchargé, en danger à cause de ses propres actes. Pendant un instant, elle comprit que le choix de Julien de mettre fin à ses jours était un acte de désespoir, et non de lâcheté, une tentative pour reprendre le contrôle d'une histoire dont il avait perdu le contrôle.

Sa dernière note, la dernière qu'il ait écrite, était un adieu émouvant à Julien, l'expression sincère de son combat intérieur contre un monde qui ne le laissait pas vivre. Sloane se souvenait de sa voix tremblante de vulnérabilité lors de leurs conversations. Ses mots, aussi douloureux fussent-ils, avaient une beauté hantée qui révélait un esprit brillant et torturé. Elle ne pouvait se défaire de l'impression qu'il considérait sa mort comme un geste dramatique, le dernier acte théâtral de défi à ce qui l'étouffait, la preuve de son angoisse et de son art en un seul geste.

Sloane était à la fois furieuse et triste. Ce n'était pas normal de perdre son père de cette manière. Elle savait à quel point ceux qui restaient seraient enclins à mal interpréter ses actions — combien de personnes préféreraient voir cela comme une tragédie plutôt que comme un choix complexe et conscient. La mort de Julien n'était pas seulement un motif de désespoir ; c'était une déclaration tacite sur le prix du génie, qui nous obligeait à reconnaître les efforts désespérés qu'il avait déployés pour se sortir d'une situation devenue insupportable. Julien était sincère ; Sloane l'avait compris. C'était une déclaration dont il voulait qu'on se souvienne longtemps après sa mort.

Cette journée revient à Mila par bribes, sous forme de souvenirs fragmentés et déchiquetés. Le son de la voix de Julien, cassante et fragile, comme du verre brisé qui lui claque aux oreilles dans la pièce sombre. Des mots rageurs fusent entre eux, en tamashek'a, des mots comme des coups qui s'abattent de plus en plus fort et de plus en plus vite, jusqu'à ce que chaque nerf soit tendu à l'extrême et que la tension explose en une action. La dispute n'avait pas été planifiée ni même particulièrement consciente au début : elle était brute, un geyser violent et soudain de colère et de frustration qui avait brisé la couche de schiste pourri qui s'était accumulée entre eux. Puis sa main s'était levée, presque instinctivement, dans un geste rapide et irréfléchi. Julien tituba en arrière, les yeux écarquillés de surprise, suffisamment décentré pour que le coin du bureau se retrouve soudainement juste devant son visage, telle une menace silencieuse et fatale. Tout semblait se dérouler au ralenti : le coup violent de son coude contre le bois, le bruit sourd de sa tête heurtant le sol.

Elle se souvient de la vague de panique désespérée qui l'avait envahie, son cœur battant si fort qu'il semblait étouffer tous les autres bruits. Une action stupide et idiote : une poussée qu'elle avait immédiatement regrettée ; elle n'avait pas voulu aller aussi loin. Elle se figea, la pièce se resserrant autour d'elle, l'air épais et âcre de culpabilité et de choc. Julien n'avait pas perdu son sang-froid parce qu'elle voulait faire du mal ; elle avait perdu un instant dans la peur et la confusion parce que quelque chose de plus sombre était resté, quelque chose qu'elle ne voulait pas affronter. Cela s'était passé si vite qu'une partie d'elle-même se demandait si elle n'avait pas rêvé tout cela, quelque chose qu'elle pouvait effacer d'un simple clignement des yeux. Mais le sang qui imprégnait le sol lui disait que ce n'était pas le cas et la maintenait ancrée dans la sombre réalité. Ce moment dépassait le stade de la dispute ou du blâme. C'était un accident. Son accident.

Même au milieu de tout ce qui se passait, Mila sentait son esprit s'emballer pour reconstituer ce qui s'était passé cet après-midi chaotique. La dispute n'était pas sortie de nulle part : des années de frustration, de récriminations murmurées et de trahisons tacites avaient conduit à cette confrontation brève mais intense. Et il y avait quelque chose de brut dans les yeux de Julien, d'habitude si calculateur et indéchiffrable : une touche de trahison, une pointe d'exigence, dans ces derniers instants. Elle entendait encore son halètement lorsqu'elle l'avait repoussé, essayant de le repousser, et lui, cet idiot, était tombé dans le piège. Il n'y avait pas eu de planification préalable, juste un stupide élan de sang alimenté par la peur qui avait rapidement échappé à tout contrôle. Cette poussée avait tout changé. Elle avait brisé le fragile équilibre qu'ils avaient maintenu, se forçant à le préserver, déclenchant une onde de choc qu'aucun des deux n'était capable de gérer.

La culpabilité est un poids de plomb que Mila porte, un compagnon constant dont elle ne peut se débarrasser. Elle se répète sans cesse que c'était un accident, qu'elle n'avait pas l'intention de faire du mal à Julien, mais chaque fois que ce moment se rejoue dans sa tête, cette pointe acérée d'auto-accusation la transperce encore plus profondément. La peur l'a poussée à agir : la peur de perdre tout ce qu'elle avait gagné, la peur que la noirceur de Julien engloutisse tout le reste. Elle était terrifiée à ce moment-là, ses jambes brûlaient d'envie de courir, une sueur froide perlait sur sa peau. Et puis elle s'est enfuie, non seulement de la pièce, mais aussi de sa propre conscience, sachant qu'elle était désormais prise au piège d'un mensonge fondé sur la confusion et l'erreur. Le crash n'était pas seulement la chute littérale ; c'était la façon dont sa vie s'était immédiatement effondrée après cela, la façon dont chaque instinct primitif et animal en elle lui disait de s'enfuir avant que la vérité ne la rattrape.

Mila a du mal à accepter cette vérité, car la peur et la mémoire sont des alliées sournoises. Elle n'était pas froide et calculatrice ; elle était spontanée, submergée par des émotions brutes, se débattant pour repousser la désintégration précoce du monde. Elle ressent le poids écrasant de la responsabilité qui l'a écrasée et ce que la peur a fait pour déformer sa perception et émousser sa raison. Cela ne devait pas se passer ainsi, avec Julien à terre et elle au milieu d'une situation qui les dépassait tous les deux. Elle se souvient de la dispute, de la bousculade et de l'accident. Ce sont les pièces d'un puzzle qui ne s'emboîtent plus correctement, des fragments de mémoire fragmentés par la panique et la douleur. Tout est si flou. La clarté lui semble à des millions de kilomètres, prisonnière de la culpabilité et du déni qu'elle combat chaque jour pour enlever les couches.

Alors que Mila réfléchit à cet événement, elle est également confrontée à la façon dont la mémoire peut déformer et trahir. Le temps fait ce qu'il fait toujours dans ce genre de situation où il s'agit de vie ou de mort : il brouille les contours de ce qui s'est réellement passé, déformant les moments pour les adapter à la survie plutôt qu'à la vérité. Elle ne peut s'empêcher de remettre en question les détails : la force avec laquelle Julien l'a poussée, le sens réel de ses paroles, et même l'ordre dans lequel les choses se sont déroulées. C'est une danse maladroite entre ce qui s'est réellement passé et ce que son esprit lui permet de se rappeler. Ce doute la ronge, alimentant la crainte que ce ne soit finalement pas un accident ou, pire encore, que ce soit quelque chose de beaucoup plus délibéré qu'elle ne peut l'admettre. Les frontières entre la peur, la honte et la réalité s'estompent, formant un récit qui l'emprisonne puis la libère de son secret le plus profond.

Vivre avec ce genre d'accident, c'est vivre avec la prise de conscience implacable qu'un instant, une petite erreur, et la vie ne sera plus jamais la même. Elle ne peut jamais revenir en arrière ; elle ne peut pas effacer ce qui s'est passé à l'instant où Julien l'a poussée. Il ne reste qu'un écho, un vide creux, un goût amer de remords, puis le souvenir incessant de ce qui s'est passé, qui se rejoue sans cesse dans son esprit. L'histoire de Mila nous rappelle avec force que les accidents laissent des cicatrices qui vont bien au-delà du visible. Ils marquent l'âme d'une personne, sa façon de vivre, d'aimer et de se souvenir. La vérité persiste dans l'enchevêtrement des émotions humaines, incapable d'échapper à l'emprise de la peur, de la confusion et du besoin inévitable de survivre.

L'inspectrice Byrne, qui examine d'un œil critique les récits qui lui sont présentés, remarque quelque chose d'inquiétant dans la façon dont tout le monde décrit les événements tels qu'ils se sont déroulés. Les récits de chacun semblent avoir été répétés, peaufinés et sont étrangement identiques, comme si les protagonistes avaient répété leur texte pendant au moins 20 heures. Il y a une sorte de rigidité dans le récit, comme si des masques masquaient leurs véritables émotions. Il est étrange de constater à quel point leurs récits sont parfaitement fluides : il n'y a pas de bafouillages, pas de pauses, pas de reflets de sentiments réels. Byrne sent que sous le vernis brillant, ces récits sont fabriqués, chacun étant façonné pour s'intégrer parfaitement dans une image soigneusement élaborée.

En les comparant à ces récits lisses, elle a l'impression qu'ils ne sont que la surface d'une réalité plus sombre. Plus elle creuse, plus il lui apparaît clairement que chacune de ces histoires passe sous silence un élément crucial. Les détails ne concordent même pas exactement pour elle, et les incohérences commencent à apparaître lorsqu'elle les examine de près. Elle a déjà vu d'autres cas où des gens mentent, parfois maladroitement, parfois dangereusement, mais ces récits semblent trop lisses, trop répétés. Au contraire, c'est comme si toutes les parties concernées s'étaient efforcées de produire une version qui semble parfaite. L'intuition de Byrne lui suggère que derrière ces récits bien répétés, la vérité réelle attend patiemment derrière un écran de fumée. Personne ne raconte toute l'histoire, peut-être parce que la réalité est trop grotesque ou tout simplement trop délicate pour être exprimée à haute voix.

Je pense que le véritable mensonge est plus profond que les mots écrits sur une page. Il ne s'agit pas seulement de savoir qui ment, mais aussi pourquoi cette personne ment et ce qu'elle essaie de cacher. Elle remarque que les tentatives pour créer une façade innocente sont observables même dans les petites choses, mais nous ne l'avons jamais remarqué, alors qu'elles en disent long sur nous. Mariesemble être la plus calme, mais elle cache sa peur pour la santé de Julien ; Mila nie frénétiquement ce qu'elle sait déjà qui va être révélé et la culpabilité qu'elle n'est pas prête à admettre. Chaque histoire vise à dissimuler quelque chose, quelque chose de dérangeant : un motif, un événement passé ou une action commise dans un élan de folie passager. Byrne sait que pour que quelqu'un présente des histoires aussi propres et sans faille, il doit y avoir une vérité compliquée et confuse qui se cache derrière elles. Son rôle est de retirer ces couches et de révéler ce qui se cache sous le vernis de la perfection.

D'après son expérience, lorsque les récits sont aussi impeccables, il y a généralement quelque chose d'indiciblement pourri en dessous. Parfois, un détail passe inaperçu jusqu'à ce que vous le souleviez, car il contredit le récit que l'on tente de promouvoir. D'autres fois, c'est une note de nervosité dans la voix, ou peut-être la pause momentanée avant de répondre, qui montre clairement que si l'on peut projeter une image de confiance à l'extérieur, cette confiance à l'intérieur est tout sauf solide. Byrne a appris à prêter attention à ces petits indices, ces micro-expressions, les incohérences dans le langage ou la manière dont certaines choses sont expliquées de manière excessive. Cet instinct s'est révélé inestimable à de nombreuses reprises, en particulier lorsqu'elle était confrontée à des personnes déterminées à la convaincre de leur innocence. Lorsque le récit d'une personne est d'une perfection malsaine, Byrne sait qu'il est temps de tout remettre en question et de lire entre les lignes pour découvrir ce qu'elle cache réellement.

Mais même avec son expérience et son intuition, elle s'est laissé facilement impressionner par la plausibilité de ces récits. Ils semblent avoir été soigneusement répétés. Il est facile de se laisser emporter par leurs histoires, surtout lorsque la personne qui les raconte a un visage impassible et une voix inébranlable. Mais la formation de Byrne lui a appris que la cohérence n'est pas une preuve d'honnêteté, mais qu'elle indique souvent le contraire. Lorsque les récits sont aussi nets et d'une clarté trompeuse, c'est presque toujours le signe qu'ils cachent quelque chose. Une personne véritablement honnête bute généralement sur les détails ou se sent mal à l'aise. Mais ces témoins semblent trop parfaits pour être vrais, et Byrne reste avec l'idée troublante que ces récits ne sont qu'une couverture pour quelque chose de plus profond, et que la vérité se cache dans les lacunes entre leurs mots.

La charge finit par consister à faire le tri entre ce qui est réel et ce qui ne l'est pas. Pour s'en souvenir, Byrne doit garder à l'esprit que les gens mentent non pas tant parce qu'ils sont mauvais, mais plutôt parce qu'ils cherchent à se protéger ou veulent éviter la honte. Ici, elle se demande si ces récits visent à dissimuler une erreur de calcul désastreuse, un acte désespéré ou un spectacle soigneusement orchestré. Chaque mot, chaque geste semble planifié. C'est comme s'ils jouaient tous à un jeu, chacun essayant de la tromper en feignant d'être honnête. Mais la réalité est floue, cachée par les mensonges que chacun a construits pour protéger sa propre interprétation des événements.

En fin de compte, le travail de Byrne consiste à regarder sous la surface, à identifier la fausse perfection et à découvrir les fissures à travers lesquelles des fragments de la vie réelle peuvent s'échapper. Ce n'est qu'alors qu'elle peut savoir ce qui s'est réellement passé pendant les dernières minutes de l'existence de Julien Vane — si, bien sûr, la vérité existe réellement en dehors de l'imagination vaine à laquelle tout le monde s'accroche désespérément !

4

LA PREMIÈRE CONTRADICTION

L'inspectrice Byrne se pencha vers elle, fixant Mariedu regard. Le silence dans la pièce était électrique, leurs respirations se mêlant dans l'air immobile. Marie avait l'air ordonnée d'une femme portant un chemisier blanc impeccable, ne laissant rien transparaître du tumulte qui l'habitait. Sous son apparence calme, son visage trahissait une certaine inquiétude. Byrne était non seulement déterminée à éplucher ces couches, mais aussi à mettre à nu ce qui se cachait en dessous. La théorie de la « mort naturelle » de Julien avait été réconfortante pour Marie, lui permettant d'éviter la complexité de la fin de Julien. Mais Byrne n'y croyait pas. Les preuves circonstancielles créaient une barrière entre elles qui empêchait Mariede maintenir sa façade.

« Vous êtes sûr qu'il n'avait aucune tendance suicidaire ? »

La question était lourde et pesait dans l'air. Marie hésita, la gorge serrée.

« Julien était un homme très brillant, mais il était en difficulté », finit-elle par dire, la voix légèrement tremblante.

Le détective remarqua l'éclat d'émotion brute derrière le masque que Marie avait érigé dans ses yeux. Byrne riposta en soulignant une série d'anomalies, telles que l'absence du flacon de médicaments de Julien et son dernier manuscrit qui contenait des indices de découragement. Chaque élément de preuve était comme un grain de sable dans les murs que Marie avait érigés autour de son histoire, prêts à s'écrouler à tout moment.

Le cœur de Marie battait plus fort à chaque nouveau détail. Byrne exposait les faits tragiques comme un jeu de cartes, chacune représentant une autre accusation possible.

« Et les ecchymoses sur son corps, Marie ? »

Elle fut choquée par le caractère direct de la question. Sa respiration était régulière, mais elle se fit alors légèrement plus haletante. Elle essaya de parler, mais aucun mot cohérent ne sortit de sa bouche. Au contraire, ce sont des images de Julien, sans défense et malade, qui envahissent ses pensées. Elle se rabattit sur son explication des causes naturelles et s'y accrocha comme à un canot de sauvetage dans une mer déchaînée. Pourtant, alors même qu'elle parlait, elle ressentait la gravité de ses propres mots, consciente des failles qui minaient son récit.

La tension dans l'air crépitait alors qu'ils échangeaient des mots. Byrne se pencha davantage au-dessus de la table, sa voix devenant un murmure, presque conspirateur.

« Vous ne pouvez pas fuir la vérité toute votre vie, Marie. Vous ne sauvez pas seulement votre peau ; vous faites obstacle à l'histoire de Julien et à la manière dont le monde comprendra cette affaire. »

Ces mots furent comme une soudaine rafale de vent froid qui souffla sur Marie : ils bouleversèrent l'équilibre qu'elle croyait avoir si bien maintenu. Elle sentit les murs se refermer sur elle, les accusations filtrant l'air comme un tamis. Ce n'était pas simplement une guerre des mots. Cela ressemblait davantage au moment où la vérité s'opposait au récit torturé qu'elle avait construit pour se protéger de la mort de Julien.

Sloane était assise, raide, dans le bureau en désordre de Byrne, où l'odeur du vieux papier et du café froid emplissait l'air. Byrne marchait lentement devant son bureau, pesant chaque pas, tel un prédateur qui se rapproche. Son regard ne croisait pas tout à fait celui du détective. Les murs étaient recouverts de tableaux d'affichage remplis de photos, de notes et de chronologies, et elle avait l'impression qu'ils se refermaient sur elle à chaque question pointue que Byrne lui posait. Même si elle arborait un masque de calme, avec un sourire crispé et un regard froid, la tension sous-jacente vacillait comme une bougie qui tente de rester allumée dans le vent. Byrne pouvait entendre les doutes derrière sa défense soigneusement élaborée, même si son silence était presque plus éloquent que ses paroles.

Byrne dit doucement, les bras croisés : « Vous dites que Julien est tombé, mais la façon dont vous le racontez — rapidement, proprement et sans accroc — ne colle pas. »

Sloane, il ne s'agit pas seulement de chagrin. Quelque chose ne va pas. Pendant un instant, l'agent perdit confiance et ses doigts effleurèrent nerveusement le bord de l'accoudoir. Elle serra les lèvres, comme si elle essayait de garder un secret, mais Byrne l'entendit dans sa voix lorsqu'elle répondit. La détective se pencha et plissa les yeux. *Dites-moi la vérité. Était-ce un suicide ou autre chose ? Est-il tombé ou quelqu'un l'a-t-il poussé ?*

L'atmosphère entre elles s'épaissit, chargée de soupçons et d'accusations tacites. L'esprit de Sloane s'emballa pour trouver des moyens de combler les lacunes de son histoire. Mais Byrne ne remettait pas seulement en question ce qu'elle avait dit ; elle remettait également en question ce qu'elle n'avait pas dit. Plus Byrne insistait, plus l'idée du suicide s'estompait, laissant place à un doute plus sombre. La mort de Julien était-elle un événement soigneusement planifié ? Un triste accident qui ressemble à une fin ? L'intuition de Byrne lui disait que l'histoire bien ficelée racontée par Sloane était précisément ce que Julien voulait que tout le monde croie : une histoire conçue pour protéger, voire contrôler.

Sloane s'efforça de rester calme. Elle s'enveloppa d'explications répétées et de longues pauses qui cachaient à peine son émotion. Sa voix était ferme mais fragile, comme du verre manipulé avec précaution. Mais lorsque l'agent raconta à Byrne la dernière journée de Julien, il remarqua une légère contradiction. Les moments ne s'enchaînaient plus aussi bien. Certains tombaient, d'autres s'entrechoquaient. Elle évoqua une conversation avec Julien que Byrne savait impossible, ou du moins très incohérente au vu des déclarations recueillies. La détective plissa les yeux en sentant la frontière entre réalité et fiction s'élargir.

Byrne dit doucement : « Ces incohérences ne sont pas des erreurs. Elles sont importantes. Comment Julien est-il tombé s'il n'a pas sauté ? Et pourquoi garderais-vous ces détails secrets ? »

Les questions étaient difficiles à répondre. La pièce silencieuse était remplie de tension, comme le calme avant la tempête. Byrne examinait attentivement l'idée du suicide, qui était si simple et si nette. Au contraire, la mort semblait être enveloppée de mensonges et d'ombres. On aurait dit que Julien avait mis en scène sa chute et laissé des indices derrière lui pour que d'autres les trouvent, les interprètent mal et se disputent à leur sujet. Un plan visant non seulement à le tuer, mais aussi à changer complètement l'histoire de sa mort.

Les découvertes de Byrne ont compliqué l'affaire. Par exemple, il y avait les images manquantes des caméras de sécurité, les messages que Julien avait supprimés de son téléphone et le fait qu'il n'y avait pas de lettre d'adieu. Les appels de Sloane à rester calme et courtois semblaient désormais être une ruse pour protéger une histoire faible et inventée. Le jardin devant la fenêtre, où Julien aurait rendu son dernier souffle, ne semblait plus être un lieu de deuil. Il ressemblait plutôt à une scène où la vérité se déformait et s'échappait. Byrne comprit que cette affaire ne concernait pas seulement la mort, mais aussi la question de savoir qui écrirait la fin lorsque l'auteur aurait disparu et qui serait responsable.

Mila était assise à sa petite table de cuisine, et le bruit de la ville à l'extérieur de la fenêtre ouverte était très faible. La lumière du matin se répandait sur le bois, créant des ombres douces qui bougeaient avec le vent. Mais même si la scène était calme, son esprit était en ébullition. Ses doigts tapotaient légèrement sa tasse tandis qu'elle fixait l'écran lumineux de son téléphone. Elle avait l'impression qu'il y avait une charge statique dans l'air qui lui donnait des picotements sur la peau et lui nouait l'estomac. Elle avait appris depuis longtemps que les matins comme celui-ci avaient un certain poids, un signe silencieux que quelque chose n'allait pas. Aujourd'hui, ses nerfs étaient tellement tendus qu'elle pouvait presque les entendre craquer.

Elle était en transe lorsque son téléphone a soudainement vibré. Elle a réfléchi un instant avant de le saisir, le cœur battant à tout rompre. Elle a vu un message clignoter à l'écran, indiquant qu'il s'agissait d'une alerte info urgente. Elle a rapidement déverrouillé son téléphone et a vu le titre en grosses lettres effrayantes :

« Soupçons d'acte criminel dans la mort de Julien Vane. »

Ces mots lui donnaient l'impression que son corps allait exploser. Elle avait du mal à comprendre ce qu'elle lisait. Les gens pensaient que la mort de Julien serait un événement discret et naturel, facile à expliquer. Mais maintenant, quelqu'un disait qu'il s'était passé quelque chose d'horrible, quelque chose qui lui donnait des sueurs froides.

Pendant un instant, les mots à l'écran étaient difficiles à lire car ses mains tremblaient. Son cœur battait de plus en plus vite à chaque seconde qui passait, et elle avait le souffle coupé. Elle regardait l'écran, et tout ce à quoi elle pouvait penser était : « Est-ce que cela pourrait être vrai ? » La mort de Julien n'était-elle pas un accident après tout ? La panique s'empara d'elle, la saisissant de ses mains froides. Son esprit tournait à toute vitesse, passant d'une idée à l'autre. Qui pouvait être responsable si quelque chose de grave était arrivé ? Quelqu'un essayait-il de cacher la vérité parce qu'elle était trop douloureuse ? Elle ressentit une soudaine vague de peur, comme le vent qui s'engouffre par une fenêtre cassée, froid et incessant. Ce n'était plus une nouvelle, c'était une menace.

Elle serrait le téléphone dans ses mains, les jointures blanchies par l'effort, essayant de calmer sa voix tremblante. Elle savait qu'elle devait agir vite. Elle ne savait pas encore si la fuite était réelle, mais cela n'avait pas d'importance. Son esprit était envahi d'images : Julien mort, ses derniers instants remplis de secrets. Elle repensa à la dernière fois qu'elle l'avait vu. Il avait l'air épuisé, mais toujours vif, et ses lunettes épaisses cachaient ses yeux. Dans son esprit, ces yeux semblaient vides, comme s'il savait tout ce qui allait se passer. Elle pensait que quelqu'un dans le groupe de Julien en savait peut-être plus qu'il ne le laissait paraître et avait une raison de garder l'histoire secrète ou de la déformer pour en faire quelque chose de malveillant. La peur s'insinua dans son esprit : avait-elle manqué tous les signes ?

Le cœur de Mila battait à tout rompre dans ses oreilles alors qu'elle était assise là, réalisant que son monde venait de changer. Cette fuite d'informations pouvait révéler des choses qui devaient rester cachées, des choses qui pouvaient changer tout ce qu'elle pensait savoir sur Julien. Elle était tellement nerveuse quant à la suite des événements que son estomac lui faisait mal. Pouvait-elle garder le silence ? Ou serait-elle coupable d'un terrible mensonge si elle restait silencieuse ? Les questions se bousculaient dans sa tête si vite qu'elle n'arrivait pas à les saisir. Elle savait seulement que son sentiment de sécurité s'effondrait autour d'elle, tout comme la vie qu'elle avait soigneusement construite et les secrets qu'elle avait gardés. Le silence dans sa maison lui semblait désormais assourdissant, seul le martèlement régulier et incessant de sa panique venait le troubler. Elle savait qu'une fois qu'une partie de la vérité était révélée, elle ne pouvait plus être entièrement contenue. Son instinct lui disait que ce n'était que le début de quelque chose de bien pire.

L'inspectrice Byrne sortit de sa voiture, et l'air frais du début de soirée l'enveloppa comme une couverture.

Alors qu'elle marchait vers le vaste domaine, l'air était chargé de tension. L'air froid était vif, et l'odeur du sang la faisait frissonner. La légère odeur de l'eau de Cologne coûteuse de Julien Vane flottait encore dans l'air lorsqu'elle entra dans la maison. Elle contrastait avec l'odeur stérile du désinfectant hospitalier qui emplissait les pièces. Son instinct prit le dessus et elle sentit ses muscles se crisper tandis qu'elle observait la scène, mélange de luxe et de désespoir.

Le salon, qui était autrefois un lieu où les gens pouvaient faire preuve de créativité et travailler ensemble, était désormais le témoin silencieux d'une scène d'horreur. Les meubles étaient disposés de manière ordonnée, mais ils semblaient déplacés au milieu du chaos qui allait bientôt éclater. Alors que l'équipe médico-légale travaillait avec diligence autour d'elle, le regard de Byrne restait fixé au centre de la pièce. Julien gisait sur le sol, mort, tandis que le dernier acte se déroulait autour de lui. Elle pensa à quel point sa vie avait été différente de sa fin, ce qui la rendit encore plus déterminée à comprendre ce qui venait de se passer.

Le médecin légiste, un homme méthodique dont les yeux reflétaient ses années d'expérience, commença à expliquer la terrible nouvelle. D'une voix basse mais ferme, il déclara : « Traumatisme crânien causé par un objet contondant. » Ces mots restèrent suspendus dans l'air comme un épais brouillard, mais la vérité était encore plus importante. Il évoqua la fracture importante du crâne de Julien, qui indiquait qu'il s'était battu et avait été agressif.

Puis il fit une confession sinistre : il avait pris trop de médicaments sur ordonnance. Les effets étaient considérables. Les preuves indiquaient qu'il ne s'agissait pas d'un cas d'autodestruction imprudente, mais plutôt d'un geste prémédité, ce qui suggérait que l'administration était impliquée. Au fur et à mesure que les détails étaient révélés, des murmures sur ce que Byrne voulait faire lui traversaient l'esprit comme des volutes de fumée. Chaque information faisait partie d'une histoire plus vaste qui devait être racontée. Elle regarda à nouveau autour d'elle, ses sens en alerte, essayant de se souvenir des moments qui avaient précédé cette tragédie. Elle cherchait le moindre indice silencieux qui l'aiderait à reconstituer le dernier acte de la vie de Julien.

Cette scène était pleine d'émotions brutes et de motivations cachées, et alors que toutes sortes d'hypothèses se bousculaient dans son esprit, Byrne savait qu'elle était sur le point de découvrir quelque chose de très troublant. Chaque personnage avait une histoire mêlant amour, ambition et trahison. Les clés permettant de démêler cette toile humaine étaient enfermées dans cette pièce silencieuse, et elle était déterminée à les trouver.

5
LE VERRE

Il y eut un grincement de clés dans la serrure, et alors que Mariese se levait d'un bond, la porte s'ouvrit en grinçant : des ombres longues et noircies s'étirèrent dans la pièce en désordre. Ça sentait le vieux papier mélangé à quelque chose de métallique, et cette odeur lui donna envie d'aller plus loin, sous toutes ces pièces qui se comportaient de manière si guindée et bien élevée, même si elle sentait des picotements dans la nuque. La faible lumière mit du temps à s'imprimer dans ses yeux. Et lorsqu'ils s'y habituèrent, ils découvrirent Julien allongé sur le sol : inerte, livide et étrangement silencieux. Elle baissa les yeux et vit des éclats de verre recouvrir son corps, et sa poitrine se serra. Les petits fragments scintillaient dans l'obscurité : des morceaux de quelque chose qui ne pouvait être réparé, ce qui la fit se sentir encore plus mal.

Le verre était destiné à une seule personne, et il aurait dû être parfait, ordinaire même, un simple verre en cristal provenant du service à whisky préféré de Julien. À présent, il était brisé et gisait à ses côtés. La rupture semblait soudaine et violente, contrastant fortement avec le calme immobile du corps. Les angles étaient si étranges que lorsque la faible lumière éclairait les morceaux de cristal brisés, de pâles arcs-en-ciel se posaient sur le plancher usé. Les doigts de Marie avaient envie de les saisir, mais son esprit était en proie à un tourbillon de choc et d'incrédulité alors qu'elle tentait d'interpréter exactement ce qui venait de se passer.

Elle eut le souffle coupé lorsqu'elle remarqua une tache sombre qui s'étendait sur l'un des éclats de verre. Au début, ce n'était qu'une légère lueur. Puis la rougeur devint visible, avec des empreintes digitales étalées partout. Son cœur se mit à battre à tout rompre, et chaque battement résonnait comme un tambour dans ses oreilles. Elle se pencha instinctivement et effleura le verre de ses doigts tremblants, en prenant soin de ne pas le déranger plus que nécessaire. La fraîcheur du verre sur sa peau était presque cruelle. La tache se dissipa, et l'image s'éclaircit et devint plus nette.

Elle essayait de rester calme, car à ce moment-là, une panique absolue montait en elle comme un animal en cage. Son cerveau explosait et se brisait en mille morceaux : qu'avait-elle fait ? Julien était-il blessé ? Était-il encore en vie ? La partie froide et stérile de son esprit, qui fonctionnait uniquement sur la médecine, lui criait de faire quelque chose, mais la partie d'elle-même qui le connaissait – son mari qu'elle pensait connaître si bien – criait à la trahison et à la confusion. Sa respiration était désormais saccadée, les murs de la pièce se refermaient sur elle. Le tic-tac des vieilles horloges était devenu un compte à rebours régulier.

Les yeux de Marie balayèrent la pièce, à la recherche d'un point d'ancrage dans ce chaos. Le verre brisé sur le sol, le corps sans vie de Julien et son bras tendu comme s'il essayait d'atteindre quelque chose juste hors de sa portée, tout cela formait un tableau horrible qu'elle n'était pas sûre de pouvoir assimiler. Ses doigts tremblaient et la sueur froide sur sa peau lui donnait l'impression qu'elle allait exploser. Son cerveau essayait désespérément de trouver un moyen de rendre la personne calme et posée qu'elle présentait au monde cohérente avec ce qui allait se passer ensuite, à savoir qu'elle serait à vif et vulnérable sous le choc. Pendant un instant, elle n'avait qu'une envie : détourner le regard et faire comme si rien ne s'était passé, mais quelque chose la retenait, une détermination silencieuse à entendre toute l'histoire, aussi sinistre soit-elle.

Malgré sa peur, Marie fit tout son possible pour comprendre ce qui s'était passé avec le même souci du détail minutieux qu'un médecin. Le sang était-il frais ? Ressemblait-t-il à la blessure de Julien ? Elle jeta un coup d'œil par-dessus son épaule vers la vitre et l'endroit où la lumière jouait sur les images fantomatiques de poussière ou d'empreintes digitales, preuves d'une lutte dont personne n'avait été témoin ou d'un geste désespéré. De petits détails – personne ne les avait remarqués, mais c'étaient eux qui révélaient les secrets d'une pièce plongée dans le silence. Alors qu'elle stabilisait sa main tremblante pour nettoyer une deuxième fois la dernière trace sur la vitre, toutes les possibilités lui traversèrent l'esprit : un accident dû à la maladresse, un acte délibéré de désespoir, ou quelque chose de plus sinistre dissimulé sous des couches de tromperie raffinée.

À présent, la peur se mêlait à la confusion et à quelque chose de plus aigu : une douleur qui s'installait au creux de sa poitrine. Il était impossible de prédire ce qui allait se passer ensuite, à part le verre brisé et l'homme immobile qui gisait dessous. La panique ne la quittait pas ; elle s'aggravait et la transportait, nue, sans filtre. Mais, aussi insensées que fussent les choses, une petite voix en elle lui disait : « Tais-toi, observe et prends les commandes. » Elle nettoya rapidement le verre et l'essuya pour s'assurer qu'il ne restait aucune trace de sa présence. C'était un étrange mélange entre le désir de protéger et celui de révéler la vérité.

Il y eut un silence bref et étouffant avant que le bruit ne revienne en force : le tic-tac de l'horloge, sa propre respiration rapide et le faible bourdonnement des craquements de la maison. Mais Marie sentait que la panique n'était pas seulement une réaction, mais aussi le début de quelque chose qui s'effondrait. La façon dont elle allait gérer ce moment, avec les éclats brisés dans sa main, allait jeter une ombre sur tout ce qui allait suivre. Dans des moments comme celui-ci, même le plus petit fragment de preuve – une empreinte digitale sur un morceau de verre brisé – peut révéler une histoire que personne ne veut raconter.

Sloane remarqua que Marie avait repris le verre. Sa main était ferme, mais ses yeux trahissaient parfois un soupçon de doute. Elle s'y prenait si lentement et avec tant de précaution que la façon dont elle essuyait la condensation semblait délibérée. Pas de précipitation, pas de geste rapide pour dégager sa vue. Au contraire, Sloane remarqua un mouvement lent, presque rituel. C'était comme si Marie essayait de dissimuler ses véritables sentiments, comme si elle essayait d'apaiser quelque chose qui se passait en elle. Sloane comprit qu'il s'agissait de bien plus que d'un simple nettoyage : c'était un bouclier, un acte qui lui permettait de garder le contrôle de son esprit tout en se protégeant de la vulnérabilité qu'elle redoutait le plus.

À chaque coup de chiffon, Marie semblait contrôler sa respiration, bougeant avec une précision presque mécanique. Pendant un bref instant, elle regarda par la fenêtre, puis revint vers la vitre, comme si elle réfléchissait à la suite ou à ce qu'elle allait dire. Sloane avait vu suffisamment de gens garder des secrets pour reconnaître cette danse délicate, ces petits gestes chorégraphiés qui en disent long. Ce n'était pas seulement qu'elle voulait un verre transparent ; c'était l'illusion de calme qu'elle recherchait tant. Peut-être que Marie essayait de se protéger, pensa Sloane, ou bien Julien lui-même — dont les derniers instants semblaient avoir été griffonnés sur une porte dans le couloir.

Essuyer devint plus qu'un simple geste de nettoyage et se transforma en un rituel silencieux et tendu, chargé de sous-entendus. Marie poussait avec détermination et maîtrise, comme si chaque mouvement balayé ne servait pas seulement à effacer les taches. Cela dissipait les doutes, la culpabilité et les peurs. Peut-être protégeait-elle ses secrets, ou peut-être avait-elle quelque chose qui pouvait tout ruiner. Sloane garda longtemps les yeux fixés sur Marie et remarqua le léger tremblement de ses doigts à la fin de chaque mouvement, ce qui prouvait que malgré son air confiant, elle n'était pas aussi calme qu'elle le paraissait. Cela amena Sloane à s'interroger sur les zones d'ombre qui se cachaient derrière son visage lisse et sur les secrets qu'elle s'efforçait si diligemment de dissimuler.

Il était évident que Mariene ne se contentait pas d'essuyer. C'était sa façon de se protéger et de s'éloigner de cette expérience. Tout ce qu'elle faisait semblait destiné à éloigner tout ce qui pouvait la perturber, à dissimuler une faille, une brèche dans son armure. Et Sloane savait aussi que dans ce genre de situation, ce que les gens ne disaient pas était souvent plus éloquent que ce qu'ils faisaient. Ce chiffon n'était pas seulement un outil ; la façon dont elle le manipulait lui donnait le contrôle. Sloane se demandait ce que Marie pensait vraiment. Protégeait-elle les secrets de Julien, ses propres secrets, ou peut-être un peu des deux ? Quoi qu'il en soit, Sloane savait que ce simple geste d'essuyer la vitre signifiait plus que tous les mots ne pourraient jamais le faire.

Chaque fois que le tissu circulait, la tension dans la pièce augmentait. Sloane était convaincue que ce que Marie faisait dans son rituel était, d'une manière primitive, un acte d'autodéfense. Essuyer avait permis de tenir à distance sa culpabilité, sa honte et ses peurs grandissantes... Des peurs qui érodaient lentement le masque de calme qu'elle portait. Elle semblait essayer d'essuyer de ses yeux non seulement la poussière ou la buée, mais aussi les traces de sa propre nervosité non apaisée. C'était l'un de ces moments que Sloane pressentait comme étant la véritable clé pour la comprendre et voir comment chacune d'entre elles s'était endurcie face à ce qui avait suivi la mort de Julien. Ce petit geste, en apparence si anodin, avait son propre message : sur la protection, le déni et la couche confuse de soi que chacun portait en soi.

Enfin, Sloane pensait que Marie savait exactement ce qu'elle pouvait faire en essuyant soigneusement. C'était une tentative discrète pour sauver sa dignité, dissimuler sa faiblesse et se défendre, notamment contre sa propre culpabilité. Les petites choses qui ont tendance à être négligées étaient révélatrices des peurs qui se cachaient sous la surface. Pour moi, nettoyer ce verre ne consistait pas seulement à tout rendre clair, mais aussi à lutter contre le chaos et à penser de manière claire. Sloane comprit que là-bas, chacun avait ses propres moyens de se protéger. Elle apprit également que même les plus petits efforts pouvaient faire une grande différence.

Elle s'essuya à nouveau, et la danse lente de sa main s'intensifia alors qu'un léger tremblement parcourait ses doigts. La danse était discrète et délibérée, presque méditative. Mais elle avait quelque chose de nerveux, comme si quelque chose était dit sans être dit. Sloane remarqua que les petits signes — la façon dont ses yeux allaient et venaient, dont elle serrait les mâchoires — trahissaient que, peut-être, chaque fois que Mme Palin se ressaisissait pour répondre ou rire, son esprit s'efforçait de garder des secrets qui auraient ruiné tout ce qu'elle disait apprécier. Ce n'était pas seulement le verre qu'elle gardait propre : c'était son monde, exempt de tout ce qui aurait pu être... disons, inconfortable. C'était comme si chaque coup de chiffon faisait plus que simplement effacer les empreintes digitales. C'était pour la protéger de la tempête qui faisait rage en elle et l'aider à garder son sang-froid au cas où il y aurait une révélation.

Le travail de Marie était aussi une manière silencieuse de lutter contre la culpabilité qui pouvait envahir sa vie, une manière inconsciente de garder une certaine distance entre elle et ses doutes. Chacun de ses gestes était une fine couche entre elle et la vérité qu'elle ne voulait pas affronter. Peut-être, avait-elle pensé, qu'en contrôlant son environnement, en lavant constamment les vitres, elle pourrait contrôler sa terreur. C'était un bouclier fragile, qui se briserait facilement s'il était heurté, mais elle s'y accrochait avec ténacité. Cette petite habitude donnait à Mariejuste assez de stabilité pour qu'elle reste où elle était lorsque toutes les questions concernant le déclin de Julien, son rôle dans celui-ci et la possibilité que ses propres secrets soient révélés au grand jour tourbillonnaient dans son esprit. À ce moment-là, essuyer était pour elle un acte de résistance silencieux, une mesure visant à protéger une vérité déjà brisée.

Ce geste révéla une autre facette de la personnalité de Sloane : jusqu'où elle était prête à aller pour se défendre, protéger sa réputation ou ses secrets. Ce petit geste répété de la main en disait long sur quelqu'un qui hésitait entre dire la vérité et se protéger, essayant de dissimuler son trouble intérieur derrière un visage serein. Lorsque les gens se comportent de cette manière, c'est généralement une accusation plus éloquente qu'un aveu, et Mariem menait ses combats personnels dans cette fierté silencieuse de la maîtrise. Le geste était doux, mais ses effets étaient grands, démontrant à quel point de petites choses peuvent masquer de grands problèmes. Sloane apprit que parfois, observer ces petits mouvements insignifiants pouvait en dire long sur une personne, sur ce qu'elle essayait de cacher ou de protéger à tout prix.

En fin de compte, cet acte consistant à essuyer la vitre était un symbole discret mais puissant de la lutte plus importante à laquelle chaque femme était confrontée : affronter ses peurs ou continuer à les tenir à distance. Dans un univers fait de contes et de secrets, même les gestes les plus subtils peuvent révéler leurs connotations cachées. Chaque acte est une sorte de langage silencieux d'autodéfense.

Cependant, l'absence de Mila Novak crée un vide terrible où ses derniers instants et la tension de sa fuite restent suspendus dans le temps. C'est un indice de la tempête qui fait rage dans ses pensées. La culpabilité est si lourde, en fait, que l'air semble épais et dense. Elle est un fantôme dans la pièce, et les murmures de ses décisions impulsives persistent longtemps après que ses pas se sont tus. Les moments qu'elle vous a laissés restent dans votre esprit comme une chanson agaçante, vous laissant perplexe et désorienté.

Les circonstances entourant son départ en disent long. La pièce est plus fraîche maintenant, comme si sa présence l'avait réchauffée et qu'après son départ, tout ce qui était chaud était redevenu froid. Une légère odeur de café froid flotte dans l'air, vestige amer d'une époque révolue. Peu d'indices laissent penser qu'elle était pressée : une chaise a été repoussée de la table ; les pages de son manuscrit sont ouvertes, certaines n'ont pas été lues, d'autres sont à moitié lues, comme si elle avait arrêté de lire au milieu d'une ligne (quelque chose l'a-t-il alarmée et poussée à s'enfuir ?). Tout semble déplacé, déformé et rempli de non-dits.

Le doux tic-tac de l'horloge remplit le silence, lui rappelant à chaque seconde qu'il n'est pas là. Ce n'est pas seulement son corps qui manque, c'est aussi l'esprit et l'essence dont elle était le vecteur, remplissant la pièce d'idées pleines de vie et d'arguments passionnés. Il ne reste plus rien des ombres. Alors qu'elle sort, une tension règne dans la pièce, simplement parce que tout le monde peut voir la façon dont elle s'en va. C'est comme si les murs pouvaient entendre ses peurs et ses regrets alors qu'elle est au bord de la crise de nerfs.

C'est comme si la pièce était figée dans le temps, comme si elle venait juste de partir. Le chaos qu'elle a laissé derrière elle contraste fortement avec le calme qui règne désormais. C'est sa fuite précipitée qui devient le point de départ – non seulement ce qu'elle fuyait, mais aussi la vengeance pour avoir été chassée. La tasse de café est renversée et un liquide brun se répand partout, comme pour refléter les pensées sombres qui l'habitent. Cela dépeint une image vivante de ce qui a mal tourné, une image vivante de son trouble intérieur enveloppé de culpabilité et de douleur.

À côté du lit se tenait l'inspectrice Byrne, qui le regardait en silence, les yeux fixés sur un verre vide posé là ; elle était trop propre pour avoir été dérangée par qui que ce soit. Sa surface ne présentait aucune trace, aucune empreinte digitale ; elle ne reflétait rien d'autre que la propreté éclatante d'un objet essuyé, comme s'il avait été manipulé dans un espace vide. Il y avait dans l'air une odeur métallique de désinfectant, mais sous celle-ci se cachait autre chose, plus froid et plus indéfinissable. La pièce avait une présence qui exerçait de beaux pieds et était assombrie par la tranquillité de l'apparence. Les doigts de Byrne le démangeaient de s'emparer du verre et de poursuivre la trace perdue qui se trouvait quelque part sous sa peau lisse. C'était la seule pépite de vérité qui avait été délibérément effacée.

Elle regarda Marie, à quelques pas d'elle, et la gravité du moment s'installa entre elles. De l'extérieur, le visage de Marie semblait comme d'habitude, mais il y avait une lueur dans ses yeux — elles pouvaient le voir à la petite contraction au coin de sa bouche et à l'hésitation dans son regard qui indiquaient qu'elle mentait.

« Le verre », dit Byrne, calmement mais délibérément. « Il a été nettoyé. Vous ne pensiez pas que je m'en apercevrais ? »

Marie serra les lèvres, et le doute traversa brièvement son visage. Elle se ressaisit, stabilisa sa voix :

« Je n'ai jamais touché ce verre », dit-elle d'une voix calme qui semblait avoir été répétée.

Au lieu d'établir un contact visuel avec Byrne, elle semblait cacher quelque chose derrière un déni raffiné.

« Je ne sais pas pourquoi ça a l'air si propre... peut-être que quelqu'un était là avant votre arrivée. »

L'air autour d'eux semblait se raréfier ; il était lourd de non-dits. Byrne ne posa pas la question tout de suite, car elle sentait que Marie était en équilibre instable entre la défense et quelque chose de plus fragile : un déni qui donnait l'impression qu'il y avait des informations qu'elle n'était pas encore prête à partager.

6

L'ORDINATEUR PORTABLE

Marie était assise à son bureau, les doigts posés légèrement sur la surface froide de son ordinateur portable. Elle oubliait souvent à quel point son bureau était calme tôt le matin, le bourdonnement du bâtiment à l'extérieur n'étant qu'un bruit lointain. Aujourd'hui, son esprit s'éloignait du travail et se concentrait sur des détails moins importants qu'elle ne le pensait, comme ce qu'elle allait préparer pour le dîner et la réunion qu'elle avait oubliée. Elle faisait défiler distraitement les e-mails sur l'écran, sans vraiment prêter attention à ce qu'elle voyait. Lorsqu'elle aperçut un message mis en évidence dans sa boîte de réception, son regard s'attarda. Elle le reconnut immédiatement à l'objet, mais elle continua à l'ignorer. Il était là, non ouvert, une source de contrariété silencieuse cachée à la vue de tous parmi des messages plus ennuyeux. Elle ne sentit pas la tension dans sa poitrine se relâcher ; elle ne le remarqua tout simplement pas. L'e-mail concernait la mort de Julien et les détails qui pouvaient tout changer. Mais elle continua à fixer l'écran clignotant, sans savoir que son silence cachait une vérité importante.

Au fil du temps, son esprit s'éloignait de plus en plus du curseur clignotant et du message qu'elle n'avait pas lu. Ses respirations superficielles étaient la seule chose qui rompait le silence dans la pièce. Chacune semblait plus rapide que la précédente. Elle était perdue dans ses pensées à propos de Julien : son sourire lorsqu'ils s'étaient rencontrés pour la première fois, ses yeux qui semblaient receler des secrets qu'elle ne comprendrait jamais tout à fait. Elle prit son thé, but une gorgée, puis regarda l'ordinateur d'un air absent. La douce lueur de l'ordinateur portable illuminait son visage et y projetait des ombres qui bougeaient. Mais dans ce moment de calme, elle n'avait aucune idée de l'importance de cet e-mail non ouvert. Le badge de notification restait inchangé, signe évident de sa négligence. Il se passait quelque chose dont elle n'avait pas connaissance, une vérité cachée dans un texte qu'elle n'avait jamais pris la peine d'ouvrir. Elle aurait peut-être trouvé dans ce message la réponse à des questions qu'elle ne s'était pas encore posées, mais elle ne l'avait tout simplement pas vu.

Le bureau était imprégné d'une légère odeur de café froid et de vieux papiers, soulignant le calme qui l'enveloppait. La lumière de son écran clignotait et donnait un aspect sinistre à son bureau en désordre, couvert de papiers et de cahiers. Les bruits de la ville provenant de l'extérieur pénétraient doucement, comme les klaxons des voitures et les pas des passants tard dans la nuit. Mariene remarqua pas tous ces détails, trop absorbée par ses pensées. Sa main planait au-dessus du clavier, et elle semblait indécise, mais elle choisit d'ignorer à nouveau l'e-mail. Elle pensait peut-être qu'il s'agissait simplement d'un autre message lié au travail, ou peut-être savait-elle au fond d'elle-même qu'il valait mieux ne pas le lire. Quoi qu'il en soit, elle ne se rendait pas compte que le silence qu'elle ressentait n'était pas seulement sa tranquillité d'esprit, mais aussi son silence à propos d'un message qui aurait pu tout expliquer : les dernières heures de Julien et la vérité qu'elle n'avait pas vue. L'e-mail était là, non ouvert, attendant qu'elle le lise. Il contenait des secrets qui pouvaient changer tout ce qu'elle pensait savoir sur ce qui s'était passé.

Sloane entra dans la pièce, et son cœur se mit à battre à toute vitesse lorsqu'elle vit le désordre qui régnait dans ce qui était devenu, au cours des dernières semaines, un bureau improvisé : des papiers griffonnés, des tasses de café renversées et des livres à moitié lus éparpillés un peu partout. L'air était lourd et dense, avec ce silence inquiétant. Ils tombèrent sur l'ordinateur portable qu'elle avait laissé ouvert la nuit dernière, un petit curseur moqueur clignotant de manière inquiétante. Ce n'était qu'un type de discours particulier, une journée ordinaire qui avait basculé, et pourtant tout semblait tellement anormal. Elle pouvait sentir la tension l'envelopper comme un manteau, pesant sur sa poitrine.

Lorsque Mila n'est plus là, cela devient plus important que la simple absence d'une personne. Elle n'est pas physiquement présente dans la petite pièce sombre où se déroule l'enquête, mais sa présence semble y planer dans le silence. C'est comme si l'espace qu'elle devrait occuper était tendu et raréfié par une tension tacite que personne n'ose rompre. Les autres – Marie, Sloane et Byrne – jettent un coup d'œil autour de la table, au-delà de la chaise où Mila devrait être assise. Son absence n'est pas seulement un signe de vide, mais aussi d'exil émotionnel. Mila s'est enfuie, et elle fuit plus que la scène qui se déroule sous ses yeux ; elle fuit la gravité de ce qui s'est passé, l'enchevêtrement de questions qui menacent de la piéger.

Son absence est un indice, un signe que tout ne va pas bien dans les relations qui lient ces personnages les uns aux autres. Elle est la maîtresse, la figure énigmatique empêtrée dans la vérité et le mensonge, la culpabilité et le déni. Personne ne sait exactement où se trouve Mila, ni ce qu'elle se dit lorsque les lumières sont éteintes, dans ce coin sombre où elle préfère s'isoler. Ce flou donne lieu à des théories farfelues, mais ce que l'on entend depuis l'extérieur de la fenêtre, c'est le silence, à part le bruit des voitures au loin. Le fait qu'elle soit partie à un moment si crucial pour elle donne l'impression que l'enquête est incomplète, qu'il manque une phrase importante à l'histoire. Pourtant, ce vide est une admission assourdissante qui perturbe le fragile équilibre maintenu par les femmes qui restent.

Il fait froid dans la pièce maintenant, un froid de questions sans réponse. Des fissures de doute commencent à apparaître sur les surfaces polies, alors que toutes ces pensées sur ce que Mila est en train de faire et pourquoi bouillonnent juste sous la surface. Bien qu'elle ne soit pas là, chaque objet témoigne de son état d'esprit : l'effacement précipité de messages, un léger parfum laissé sur un coussin de chaise, la perte négligente d'une épingle à cheveux... Tout est préservé comme figé dans l'ambre, dans cette fraction de seconde avant qu'elle ne revienne ou ne disparaisse pour de bon. Il y a des scènes réelles avec Laura Palmer ; sa présence dans la première scène transforme chaque image en une tentative silencieuse de la retrouver. C'est comme si le cœur du mystère battait en suspens, attendant que Mila revienne ou disparaisse complètement.

L'atmosphère autour de l'ordinateur portable est électrique. Il repose sur la table comme un témoin endormi, son clavier légèrement poussiéreux, son écran sombre à l'exception d'une faible lueur sur les bords indiquant qu'il a été utilisé récemment. Les doigts hésitent au-dessus des touches, et le doute plane dans l'air. L'ordinateur portable renferme des secrets que personne ne peut encore percer à jour : un dépôt numérique de souvenirs, de mensonges et de demi-vérités qui pourraient bien déjouer encore davantage tout le monde. La pièce semble se contracter, la pression de l'anticipation pesant avec le sentiment que l'appareil possède sa propre respiration, palpitant avec la capacité de révéler ce que tous veulent cacher ou ont désespérément besoin de prouver.

Le ronronnement de l'ordinateur portable comble le silence , à l'exception du tic-tac d'une vieille horloge accrochée au mur. C'est presque un code : l'oisiveté, le lent écoulement du temps à côté des histoires non lues emprisonnées dans ces fichiers. Même l'air a un goût métallique, comme si on pouvait le couper, y ajouter un peu de sel et le manger. L'ordinateur portable contient peut-être un enregistrement vocal, des e-mails supprimés ou la version finale d'un manuscrit — tout ce qui pourrait perturber l'équilibre fragile entre suspicion et certitude. Mes yeux passent rapidement de l'écran au jeu d'ombres sur le mur de ma chambre, dans l'espoir de capter le moindre signe révélateur qui pourrait apparaître lorsque l'écran finira par s'allumer.

Ici, tout prend un sens de la manière la plus simple qui soit. L'un d'eux était un post-it gondolé, à moitié effacé, avec des gribouillis presque illisibles. Le nom d'un fichier peu connu clignotait dans un coin de la barre des tâches de l'écran. Ces petits fils tissent une tapisserie qui vous incite à regarder de plus près et ne donne pas de réponses faciles. Chaque clic, chaque pause, resserre le nœud de plus en plus. Cela a le goût de l'électricité statique avant un orage, lourd de peurs inexprimées et de l'espoir haletant que ce qui attend à l'intérieur pourrait libérer la vérité enchevêtrée – ou compliquer à nouveau le mystère.

Et tandis que son propriétaire hésite, les personnes présentes dans la pièce ressentent une attirance pour tout ce qu'elles ne peuvent pas voir. La vérité n'est pas exposée ici, mais elle murmure dans les coins, prête à surgir dès que quelqu'un aura le courage de dévoiler ce que Mila a laissé derrière elle. Ce silence est lourd de sens, et la tension qui monte n'est plus seulement liée à l'objet lui-même, mais aussi à une métaphore : les quatre vies prises au piège dans le dernier acte de Julien, attendant de voir qui craquera le premier sous la pression de ce médaillon rempli de secrets.

Dans de telles situations, où des preuves cruciales sont cachées derrière un écran, la patience est aussi importante/révélatrice que la curiosité. Prendre le temps d'attendre le moment opportun pour révéler ce qui est caché permet de voir la vérité les yeux grands ouverts et non dans une réaction précipitée. Parfois, le silence et l'absence en disent plus long que les mots, et savoir quand ne pas parler peut être l'indice le plus révélateur de tous.

Byrne se pencha sur le bureau en désordre de Julien, les doigts posés juste au-dessus du clavier. La pièce sentait le vieux papier et le café froid, et elle était silencieuse, comme lorsque quelque chose de terrible se produit. En parcourant l'ordinateur portable de Julien, elle remarqua quelque chose d'étrange : la corbeille était pleine, et elle contenait un e-mail supprimé, ainsi que des brouillons inachevés et d'autres fichiers inutiles. On aurait dit qu'elle n'avait pas été touchée, comme un fantôme attendant d'être découvert. Byrne cliqua sur la corbeille et s'arrêta lorsque l'e-mail intitulé « Urgent : résiliation de contrat » apparut. Les mots étaient simples à comprendre, mais ils avaient beaucoup de sens. Le nom de Julien figurait en haut, et l'adresse de l'expéditeur était mal orthographiée, ce qui donnait l'impression qu'ils étaient pressés de l'envoyer. Le message était court, presque grossier :

« Nous vous informons par la présente que nous mettons fin à notre contrat avec effet immédiat. Nous ne pouvons plus continuer à travailler ensemble en raison des événements récents. »

L'e-mail, qui n'était plus dans la boîte de réception, laissait entrevoir une rupture tendue avec l'éditeur, ce que Julien cachait derrière son calme apparent. Byrne le fixa du regard, sachant que cela pourrait l'aider à comprendre ce que Julien cachait. Cela suggérait que Julien avait un problème qu'il n'avait pas complètement affronté avant sa mort, un problème qui l'avait peut-être rendu plus désespéré que quiconque ne le savait.

Quelques jours plus tard, Byrne convoqua Sloane dans son bureau. La tension était palpable. Sloane, d'ordinaire calme et vive d'esprit, semblait pâle et distraite, comme si elle portait un poids sur ses épaules qu'elle ne pouvait cacher. La voix de Byrne était calme mais ferme :

« J'ai trouvé cet e-mail. Celui que vous avez supprimé après la mort de Julien. »

Elle vit le visage de Sloane se crisper et une lueur de culpabilité traverser son regard. Byrne poursuivit : « Ce n'était pas parce que l'éditeur faisait pression ou parce que le dernier livre de Julien n'avait pas bien marché. Il y avait autre chose, quelque chose de plus profond. »

« Julien traversait une période difficile », dit Sloane après un long silence. « Oui, il souffrait beaucoup, mais il n'allait pas se suicider. C'est ce que tout le monde croit. »

Byrne acquiesça lentement, sachant que la vérité était plus compliquée que tout le monde ne le pensait.

« C'est ainsi que Julien voulait que cela se termine. Il ne s'est pas suicidé parce qu'il était mécontent de son travail ou de sa santé. Il a fait croire qu'il avait échoué afin que le monde le voie selon ses propres termes. Sa mort était son dernier grand coup, un acte planifié basé sur un sentiment de perte qui allait au-delà de l'argent ou de l'art. Julien en avait assez d'être déçu et savait que ses meilleurs jours étaient derrière lui. Il a utilisé ses mots, sa mort, pour envoyer un message que personne ne pouvait ignorer. »

Sloane se détourna et resta silencieuse, portant le poids de son silence. Byrne comprit : la mort de Julien n'était pas une tragédie ni le résultat de la pression ; c'était l'histoire d'un homme qui avait finalement accepté qu'il ne pouvait pas réparer son génie déclinant et la ruine personnelle qui l'accompagnait.

7

« L'AUTRE FEMME »

Marie West semble calme et sûre d'elle dans la pièce où elle est interrogée. Elle a une excellente posture, et tous ses muscles sont détendus mais prêts à réagir. Le regard perçant du détective Byrne est fixé sur elle, à l'affût du moindre signe de trouble qui pourrait se cacher derrière son apparence sereine. Marie reste calme et maîtresse d'elle-même lorsqu'elle répond aux questions concernant Mila Novak, la protégée de Julien, même si l'atmosphère est tendue. Lorsqu'elle parle, on perçoit une subtile pointe de doute dans son regard, mais la cardiologue sereine la cache immédiatement sous son masque professionnel. Elle semble calme à l'extérieur, mais à l'intérieur, son esprit est en proie à une tempête de pensées, dont beaucoup concernent Julien et Mila et sont empreintes d'une lutte silencieuse.

Marie remarque :

« Mila est une grande artiste. »

Sa voix est calme, et elle ne montre aucun signe de colère. Depuis des années, elle travaille en étroite collaboration avec Julien. Ils étaient très proches. Elle prononce ces mots sans difficulté, mais la façon dont elle les dit laisse entendre qu'il y a autre chose. Marie se souvient de l'ambition juvénile de Mila, qui la rendait anxieuse car elle était si brute. Mais, elle cache bien son envie, même si cela lui serre la gorge chaque fois qu'elle en parle. Elle examine le visage du détective chaque fois qu'elle parle de Mila pour voir quel pouvoir la vérité pourrait lui offrir et combien cela lui coûterait.

Sloane Porter n'a jamais vraiment compris ce que Mila Novak représentait pour elle, mais elle savait que Julien Vane était très proche de la jeune femme. Sloane se sentait nerveuse lorsqu'elle voyait Mila glisser doucement à la périphérie de leur univers commun, telle une ombre hors d'atteinte. Elle n'avait jamais directement défié Mila et ignorait quels textes ou documents Mila avait pris. Au contraire, elle ressentait le poids d'une menace inconnue, comme une main invisible déchirant l'histoire finement équilibrée qu'elle avait travaillé si dur à tisser autour de l'héritage de Julien.

Mila semblait être à la fois une initiée et une étrangère. Elle était talentueuse, déterminée et dangereuse d'une manière que Sloane ne pouvait encore exprimer avec des mots. Sloane se méfiait parce qu'elle ignorait ce qui allait se passer, alors elle gardait ses distances, ne laissant que l'étiquette professionnelle s'interposer. Chaque conversation était planifiée. Elle ne voulait pas déclencher de conflit à propos de mots ou de secrets, mais l'idée que Mila puisse avoir un quelconque contrôle sur la dernière histoire de Julien la rendait nerveuse.

Sloane savait qu'elle travaillait dans le noir, rassemblant des bribes d'informations et des indices qui montraient que Mila était plus qu'une fervente admiratrice du livre ; elle détenait peut-être les clés de ses dernières et plus profondes vérités. Il arrivait parfois que Sloane observe Mila très attentivement, scrutant son visage, le moment où elle agissait, et même les livres qu'elle transportait. Aucun de ces éléments ne lui donnait une image complète, mais chaque information venait s'ajouter à la toile des possibilités : Mila essayait-t-elle de changer la vérité ou de la garder cachée ? Les écrits qu'elle possédait prouvaient-ils que l'univers méticuleusement créé par Julien était rempli de failles, ou y avait-il une nouvelle histoire à raconter ?

Même si la mort de Julien avait jeté une ombre longue et confuse sur tout le monde, les questions restaient lourdes et sans réponse. Sloane éprouvait beaucoup de sentiments différents à l'égard de Mila, qu'elle n'avait confiés à personne. Elle connaissait Mila comme l'élève, l'amante et la muse de Julien, et elle ne pouvait s'empêcher de penser qu'elle avait fait partie du dernier chapitre de sa vie. Il y avait évidemment de la jalousie, mais également quelque chose de plus profond : le besoin de défendre l'héritage de Julien, qui était fragile, en train de s'effriter et menacé par les actions que Mila pourrait entreprendre et dont personne n'avait connaissance.

Sloane reconnaissait que le désir de Mila était dangereux. Cependant, elle la considérait également comme une femme effrayée qui essayait de reprendre le contrôle d'une situation qui avait échappé à toute maîtrise. Sloane ne pouvait s'empêcher de penser que les actions de Mila, qu'elles soient délibérées ou non, pourraient compromettre tout le travail accompli pour donner une certaine image de la mort de Julien. Elle avait passé des années à créer une histoire qui permettrait à Julien de conserver sa place dans le monde littéraire, même si sa santé, sa réputation et sa créativité déclinaient. La présence de Mila faisait désormais naître des sentiments difficiles à prévoir, tels que le remords, le désespoir, voire le regret.

Ces murmures doux incitaient Sloane à vouloir défendre la mémoire de Julien et sa propre vie, même si cela signifiait aller à l'encontre de la réalité. Sloane agissait comme si elle était aux commandes, mais elle savait qu'au fond d'elle-même, elle avait peur. Ce n'était pas seulement parce que Mila détenait des textes sensibles, mais aussi parce que ces textes pouvaient révéler au monde entier des informations qui pourraient affecter l'équilibre des pouvoirs. Si Mila connaissait l'histoire que Julien voulait garder secrète, si elle voulait modifier la façon dont il était mort ou révéler la vérité derrière le mythe, alors le monde soigneusement contrôlé de Sloane pourrait s'effondrer. Sloane resta silencieuse, mais garda un œil sur Mila à distance. Son esprit était rempli de scepticisme, de rage et d'un respect réticent.

La première fois que Mila a vu le message apparaître sur son téléphone, il y a plus d'un an, elle a eu l'estomac noué et ses muscles se sont tendus. Il s'agissait d'un simple SMS sans prétention : « *Ce soir, rendez-vous là-bas. C'est important.*

Il n'était pas inhabituel que Julien lui envoie des messages tard dans la nuit, mais celui-ci avait quelque chose de différent. Le léger tremblement de ses doigts lorsqu'elle déverrouilla son téléphone trahissait à la fois son impatience et son inquiétude. Elle lut les mots, mille questions lui traversant l'esprit, mais aussi un frisson d'excitation — car peut-être allait-elle le revoir, renouer avec cet homme qui était devenu pour elle une sorte de secret, une sorte de refuge contre le monde.

Elle ressentit immédiatement l'effet de la missive, un petit frisson alors que son cœur commençait à battre la chamade. Elle avait un petit espoir, pensant que peut-être, quelque chose serait différent cette nuit-là. Mais, sous cette excitation se cachait une pointe d'inquiétude. Julien était imprévisible ces derniers temps et secret d'une manière qui la frustrait. S'agissait-il simplement d'un flirt inoffensif, ou y avait-t-il quelque chose de plus : un côté qu'elle n'était pas tout à fait prête à découvrir ? À présent, la peur murmurait en elle, ce qui était déstabilisant. Cette rencontre avait alors tourné à la folie. Et si ce qu'elle cachait venait à être révélé, ruinant tout ce qu'elle voulait sauver ? Le danger crépitait sur sa peau, réel et aigu, même si elle aspirait à se précipiter vers la possibilité qui l'attendait à l'autre bout de ce message.

Lorsque vous suivez votre instinct, vous devez agir rapidement. Elle marqua une pause d'une seconde seulement avant d'attraper son manteau, dont le tissu rugueux lui égratigna les doigts lorsqu'elle l'enfilait. Son téléphone vibra à nouveau : une autre alerte rapide, une invite ou peut-être un avertissement. Dans sa tête, elle imaginait les pires scénarios possibles. Mais son corps, pris dans un bras de fer entre la peur et le désir, la poussait à aller de l'avant. La pluie mit longtemps à atteindre le trottoir, et lorsqu'elle le fit, le gaz CS expulsé du ciel remplit nos poumons de son goût épouvantable. En poussant sa porte et en sortant dans l'obscurité, elle se sentit vivante comme elle ne l'avait pas été depuis des jours. Chaque pas résonnait lourdement, chargé d'intention ; chaque bruit sourd résonnait dans ses oreilles.

Les lampadaires projetaient de minces faisceaux de lumière vacillants sur le trottoir humide. L'air froid était vif et pur, remplissant ses poumons à chaque inspiration. Ses chaussures murmuraient et grinçaient tandis qu'elle avançait rapidement, les yeux balayant les alentours. Allait-elle le voir ? Ce moment allait-il tout défaire ou tout mettre au clair ? Elle avait maintenant les mains moites et serrait les poings pour rester concentrée malgré les battements de son cœur. Les ombres de la nuit semblaient s'allonger comme des doigts sombres qui se tordaient sur la terre vers elle, et elle sentait que la frontière ténue entre l'excitation et la terreur était facile à franchir. Pourtant, elle continua d'avancer, poussée par cet étrange mélange d'espoir et d'appréhension, désespérée de savoir ce que leur réservait cette nuit.

Lorsque Mila arriva enfin à l'endroit où il lui avait demandé de s'arrêter, une ruelle silencieuse derrière la librairie abandonnée, elle était sur ses gardes. Elle sentit une odeur âcre, comme celle du tabac, mêlée à une odeur métallique, peut-être un signal d'alarme. Elle frissonna et jeta un coup d'œil autour d'elle, scrutant chaque mouvement dans l'ombre. Les instants s'étiraient, une lente attente qui lui nouait la poitrine et l'estomac. Puis une ombre bougea au coin de la rue, et elle eut le souffle coupé. Son cœur qui battait douloureusement sembla s'arrêter un instant tandis qu'elle attendait qu'il se précipite vers elle, ou que le chaos commence. Cette montée d'adrénaline, combinée à sa peur, lui rappela à quel point elle avait besoin de réponses et à quel point elle était liée au danger qui se cachait dans l'obscurité. Son cœur battait à tout rompre ; elle n'avait aucune idée de ce qui allait se passer ensuite, et chaque seconde semblait s'étirer indéfiniment.

Enfin, la silhouette anguleuse de Julien sortit de l'ombre. Seule la moitié de son visage était visible dans la pénombre. L'instant fut électrique, un mélange d'espoir et d'appréhension. Mila se sentit un peu plus détendue, mais son inquiétude ne disparut pas complètement tandis qu'ils échangeaient quelques mots précipités. Dans ce conflit, son corps trahissait son envie de lui faire confiance, et ce doute rampant lui faisait penser qu'elle ne comprenait peut-être pas réellement ce qui se passait là ou pourquoi elle était là. Chaque regard, chaque murmure était significatif. Elle se surprit à repasser la dispute dans son esprit : les éclats, les soupçons furtifs et les sentiments violents qui la faisaient basculer dans quelque chose de périlleux. Dans ce silence, ponctué par les battements rapides de son cœur et le faible sifflement du vent, Mila prit conscience que son équilibre précaire pendait à un fil tendu entre l'excitation et la peur, sachant que cette nuit allait soit détruire, soit consolider tout ce qu'elle croyait vrai au sujet du passé de Julien, d'elle-même et de ce qui s'était réellement passé.

Pourtant, de temps à autre, alors qu'elle se tenait dans ce trou crasseux découvert, Mila se demandait si le prix de l'information en valait la peine. Était-elle prête à affronter la vérité, ou sa peur s'inscrivait-elle davantage dans une volonté d'en savoir plus ? Il y avait quelque chose d'incertain dans le goût de l'air nocturne. Les ombres vacillèrent une fois de plus, plus près, et elle sentit sa main se poser sur la poche de sa robe alors qu'elle agrippait le coin de son châle. Tout son corps était animé par les tremblements de l'attente et de la peur. Une chose était certaine : le cours de son destin, et peut-être celui de Julien, serait à jamais bouleversé après qu'elle aurait franchi cette nouvelle étape vers l'inconnu. C'est ce qui est étrange avec les peurs liées aux secrets : elles se développent sous la surface et attendent simplement le moment où elles pourront émerger, prêtes à submerger tout ce qui se dresse sur leur chemin. Et Mila savait, d'une manière ou d'une autre, qu'elle était alors très proche de ce moment.

L'inspectrice Byrne était assise à son bureau et lisait les derniers SMS de Julien. Chaque ligne ressemblait à pièce d'un puzzle qui révélait plus que ce qu'il disait ; elle illustrait la façon dont il avait vécu ses derniers jours. Les SMS révélaient une profonde mélancolie et un sentiment de désespoir qui amenaient beaucoup de gens à s'interroger sur ses relations. Mais, un message semblait étrange et fragmenté, laissant penser que quelqu'un avait peut-être tenté d'empoisonner quelqu'un. Elle était horrifiée non seulement par ce que Julien avait écrit, mais aussi par le silence inexplicable de sa femme, Marie.

Marie était généralement sereine, un roc au milieu de la vie tumultueuse de Julien. Mais, maintenant, elle semblait beaucoup plus méfiante parce qu'elle ne parlait pas. Était-il possible qu'elle cache quelque chose parce qu'elle ne disait rien ? Byrne avait de plus en plus de questions alors qu'elle jetait un coup d'œil à l'écran. Une voix lui murmurait ce qui pouvait arriver : Marie était-elle responsable de la mort de Julien ?

Byrne tourna la tête pour regarder les notes posées sur son bureau. Elles concernaient le métier de Marie, cardiologue, et les propos étranges que les gens tenaient au sujet de leur mariage. Ils avaient été de bons amis et se respectaient mutuellement. Cependant, la vie de Julien avait pris un tournant négatif, tant sur le plan personnel que professionnel. Marie pensait-elle qu'elle était coincée à cause de ses problèmes ? Elle se cala dans son fauteuil et ne put s'empêcher de ressentir la tension qui régnait dans l'air, comme un fantôme invisible présent dans chaque mot et chaque pause.

L'enquête s'est effilochée comme une pelote de laine qui ne se défait pas, chaque traction révélant davantage de mensonges. Byrne ne pouvait se défaire de l'idée que Marie cachait plus que sa simple détresse. Son comportement donnait l'impression qu'elle jouait un rôle ou s'entraînait à quelque chose. Marie réussissait à changer de sujet chaque fois que Byrne la pressait de questions pour obtenir plus d'informations sur le jour où Julien était mort. C'était dérangeant, et cela amenait Byrne à remettre en question tout ce qu'elle croyait savoir sur leur façade immaculée.

Mila, la petite amie de Julien, est sortie de nulle part et a rendu l'histoire encore plus confuse. Plus Byrne en apprenait sur Mila, plus elle se posait de questions. Mila était brillante et déterminée, mais sa relation avec Julien semblait s'effriter. Il y avait des rumeurs sur leurs rencontres passionnées, mais aussi sur une violente dispute qui avait causé un accident qui aurait pu tuer quelqu'un.

Byrne devait élaborer un plan. Elle avait besoin de savoir non seulement ce qui s'était passé, mais aussi pourquoi tout le monde tenait tant à garder ses secrets. Si elle parvenait à démêler les fils qui les reliaient, elle pourrait enfin avoir une vue d'ensemble. Byrne dressa une liste des éléments qui reliaient Marie, Sloane et Mila, les trois femmes sur lesquelles portait son enquête. Toutes trois avaient des raisons faciles à cacher. Il y avait des sentiments, des difficultés financières et des aspirations personnelles, qui formaient une toile dangereuse de trahisons qui amenaient Byrne à remettre en question son instinct. Qui disait réellement la vérité, et surtout, quels mensonges finiraient par les révéler ?

DEUXIÈME PARTIE

La veille

8

LA DISPUTE MATINALE

(9 h)

La lumière crue et clinique de la cuisine rendait tout plus net : les comptoirs froids, la légère trace de confiture sur la table et l'odeur de pain brûlé qui emplissait l'air chaud du matin. Elle tenait fermement la petite bouteille blanche dans une main. Sa voix était calme, mais on sentait une certaine tension sous-jacente.

« Julien, prends tes médicaments. »

Elle prononça ces mots avec un calme maîtrisé, mais ses yeux trahissaient une tension grandissante alors qu'ils se posaient sur son visage pâle et tiré, puis revenaient vers la bouteille. Une légère odeur de pain brûlé et une légère odeur de médicament, amère et stérile, flottaient entre eux comme une promesse trop forte pour être tenue. Ce matin-là, la cuisine était leur champ de bataille, et Marie était à la fois soldat et gardienne de la paix.

Julien était assis immobile sur sa chaise, le regard fixé sur la fenêtre, comme si le monde extérieur pouvait l'aider à échapper à ce qui se passait à l'intérieur. Les premiers rayons du soleil projetaient de longues ombres tremblantes sur ses pommettes saillantes, mais ses yeux étaient froids et immobiles.

Il a dit : « Je n'en ai pas besoin » sans se retourner.

Les mots étaient durs mais calmes, comme s'ils étaient définitifs. Le calme de Marie commençait à s'estomper alors qu'il refusait. Le seul bruit qui rompait le silence pesant était le léger cliquetis de la cuillère contre le bol en porcelaine. À ce moment-là, ils étaient à des années-lumière l'un de l'autre. Elle était accablée par la conscience de son déclin et par le désir intense de garder le contrôle. Il s'accrochait obstinément à sa fierté et se cachait derrière des murs que Mariene connaissait que trop bien.

Elle voyait l'espace entre eux s'agrandir, comme de la glace se répandant sur une eau calme. Le refus glacial de Julien ne concernait pas seulement les pilules. Il concernait tout ce qu'elle ne pouvait pas toucher : la maladie qui s'insinuait dans ses os et le lent dépérissement qui l'effrayait plus que tout autre chose. Marie serra la bouteille plus fort dans sa main.

« Tu m'avais promis », dit-elle doucement, la voix presque brisée. « Tu avais dit que tu prendrais soin de toi. »

Les mots non prononcés rendaient la pièce plus petite, ces promesses étant désormais rompues plutôt que tenues. Le silence de Julien était une réponse suffisante ; c'était un refus protecteur qui ressemblait à un abandon.

Elle s'approcha, et le bord de la table usée effleura le tissu de son chemisier. L'odeur du savon parfumé qu'elle avait utilisé le matin même persistait sur sa peau. L'air était à la fois épais, âcre et difficile à respirer. Elle ajouta : « Le médecin a dit que tu en avais besoin », avec une insistance tranquille qui rompit le silence. Mais, les yeux de Julien restaient fixés sur le ciel gris derrière la vitre, lointain et fermé, qui la tenait à l'écart. Cette immobilité était plus qu'une simple défiance ou obstination. C'était une déclaration silencieuse de contrôle sur un corps qui n'obéissait plus.

Marie eut le souffle coupé lorsqu'elle vit le flacon de pilules et l'étiquette froissée dans sa main. Elle repensa à la façon dont ils en étaient arrivés là, à la lente et inexorable dégradation qui s'était opérée au fil des ans. Elle se souvint des jours tranquilles où la main de Julien tremblait juste assez pour qu'elle le remarque. Elle se rappela aussi la pression qui s'accumulait derrière ses yeux, et des combats secrets qu'il menait entre l'homme qu'il était et celui qu'il avait été. Elle repensa aux dossiers médicaux qu'elle avait cachés dans son bureau, aux doses qu'elle avait vérifiées deux fois, et aux nuits où elle était restée éveillée à noter ses symptômes. Elle était guérisseuse et professionnelle, mais dans cette cuisine, où Julien refusait de prendre ses médicaments, elle se sentait impuissante, d'une manière qu'aucun stéthoscope ne pouvait remédier.

Il y avait une odeur de pain brûlé et quelque chose d'autre, quelque chose de plus froid et de tacite. C'était le tranchant de la peur, mêlé à la fatigue. Marie savait que cette dispute dans la cuisine n'était pas la première, et qu'elle ne serait pas la dernière. Mais, chaque fois qu'elle disait non, c'était comme si elle ajoutait une brique au mur qui se dressait entre eux, une ligne invisible qui pouvait briser tout ce qu'elle avait travaillé si dur pour maintenir.

« Encore quelques jours », murmura-t-elle, et cette supplication resta suspendue dans l'air vicié.

Julien ne dit rien. Il bougea sur sa chaise, mais le seul bruit audible fut le léger frottement du cuir sur le carrelage.

À ce moment-là, la tension silencieuse et le choc entre le désespoir et l'espoir devinrent un battement de cœur fragile dans leurs vies compliquées. Marie savait qu'il ne s'agissait pas seulement de pilules. C'était un combat pour la liberté, le respect et le droit de choisir comment mourir. Dans la faible lumière de la cuisine, avec l'odeur du pain brûlé et des médicaments amers encore dans l'air, ils se tenaient de part et d'autre d'une ligne de fracture fragile, aucun des deux n'étant prêt à la franchir.

Lorsque Sloane décrocha le téléphone, la voix de Julien était tremblante et brisée. C'était comme s'il devait extraire les mots de sa gorge avec beaucoup d'effort, et chaque syllabe tremblait de colère et de tristesse. Il semblait être dans une situation désespérée et incapable de sortir du brouillard d'épuisement qui lui donnait l'impression de se noyer. Il prononça son nom avec une telle urgence que cela lui noua l'estomac. Il sentait que quelque chose se brisait en lui et il avait besoin qu'elle sache à quel point elle l'étouffait et à quel point la vie était devenue ardue ces derniers temps.

Il s'est mis à divaguer immédiatement, les mots sortant plus vite qu'il ne pouvait les contrôler.

« Je ne peux plus continuer comme ça », murmura-t-il. « Chaque jour, c'est pire. Le stress et les attentes me donnent l'impression d'être coincé dans ma tête et de ne plus pouvoir respirer. Sloane, ça me tue de devoir transformer chaque mot et chaque ligne en œuvre d'art. Je te jure que je ne peux plus continuer à vivre comme ça. »

Sa voix se brisa à nouveau, et elle devint plus grave sous le coup de l'émotion. Il s'arrêta un instant, puis dit :

« Elle m'observe, chacun de mes gestes, et je ne vois aucune issue. Ce bruit me fait perdre pied. Je veux que tu saches à quel point la situation est devenue insupportable. »

Ce n'était pas seulement une demande d'aide, c'était le cri d'une personne prise dans une spirale dont elle ne pouvait sortir.

Sloane écoutait sans rien dire, et à chaque seconde qui passait, ses doigts se crispaient autour de son téléphone. Les bruits de la ville et le bourdonnement étouffé de son bureau s'estompaient tandis qu'elle n'écoutait plus que sa voix. Ce qui la frappait le plus, c'était à quel point elle semblait brisée, comme si quelqu'un était en train de s'effondrer. Elle sentit son cœur se serrer, car elle savait que Julien avait toujours été fragile à l'intérieur. En entendant sa voix ainsi, elle réalisa à quel point il était loin. Elle voulait traverser la file d'attente pour l'attraper et lui dire de tenir bon. Cependant, elle ignorait ce dont il avait vraiment besoin, alors les mots ne semblaient pas fonctionner.

Alors que les mots de Julien flottaient dans l'air, elle sentit le poids de sa confession s'installer comme une pierre dans son estomac. Elle comprit immédiatement que cet appel marquait un tournant et que ce qui se passait était pire qu'une banale complication. Sa voix semblait frustrée, ce qui lui fit penser qu'il avait l'impression d'avoir perdu quelque chose et que sa vie devenait une cage qui se resserrait chaque jour davantage. Elle réfléchit un instant à ce qu'elle pouvait faire. Était-ce simplement une nouvelle étape dans sa descente aux enfers, ou pouvait-elle lui tendre la main et le retenir ?

Un silence interminable s'installa entre eux, rempli de craintes inexprimées. Finalement, Julien murmura :

« Je ne peux tout simplement pas continuer comme ça. J'ignore combien de temps je vais pouvoir tenir, car elle est en train de tout gâcher. »

Elle ne pouvait s'empêcher de réfléchir à toute vitesse. Elle essayait ainsi de déterminer s'il s'agissait d'un véritable moment de désespoir ou simplement d'une nouvelle manipulation de la part de quelqu'un qui avait toujours joué avec les mots et la vérité. Mais, après avoir travaillé avec Julien pendant des années, elle en savait assez pour comprendre que cette fois-ci, c'était différent. Il était épuisé et sa voix trahissait une certaine nervosité. Il n'en pouvait plus.

Elle serra les dents et sentit l'impuissance l'envahir. Elle savait que ce qui allait se passer ensuite allait tout changer. Elle ne pouvait qu'écouter, s'accrocher à ces mots et se préparer à ce qui allait se passer lors des prochaines heures tendues du chaos matinal.

Mila peinait à respirer tandis qu'elle parcourait ses messages. Le son familier de son téléphone qui sonnait rendait son esprit encore plus chaotique. Chaque SMS de Julien lui transperçait le cœur comme un couteau. Il avait écrit : « Je sais que quelque chose ne va pas. » Cette phrase ne cessait de lui trotter dans la tête, avec une connotation inquiétante qui ne voulait pas disparaître. Que voulait-il dire par là ? Chaque mot semblait avoir un sens caché qui se moquait de son innocence.

Alors qu'elle faisait frénétiquement défiler l'écran, son pouce s'arrêta sur un autre message. L'horodatage indiquait qu'il avait été envoyé juste après leur dernière conversation animée. Il l'avait prévenue qu'elle ne s'en tirerait pas comme ça. De quoi pensait-il qu'elle essayait de s'échapper ? Ces nouveaux messages donnaient l'impression qu'une tempête allait éclater, contrastant avec les doux souvenirs de leurs premiers jours ensemble. Elle sentit une vague de colère, de confusion et un sentiment de malheur l'envahir.

La lumière bleue de son téléphone éclairait son visage et révélait qu'elle transpirait. Elle enfonça ses ongles dans ses paumes pour se calmer tandis qu'elle essayait de comprendre ce que tout cela signifiait. Pensait-il vraiment qu'elle lui ferait du mal ? La panique lui monta à la gorge, l'empêchant de respirer. Comment pouvait-il en arriver à cette conclusion ? Elle se sentait piégée, et une pensée sournoise s'insinua dans son esprit : et s'il pensait vraiment qu'elle était capable de faire quelque chose d'aussi horrible ? Était-il en train de la mettre à l'épreuve ? Elle se sentait faible et exposée après avoir lu son dernier message, qui ressemblait presque à une provocation. Elle regarda l'écran, le mettant au défi de lui révéler la vérité qu'elle voulait tant connaître. Elle savait cependant que plus elle creusait, plus la situation devenait confuse.

La lumière du matin tombait de manière inégale sur le bureau en désordre de Byrne, créant de profondes ombres qui recouvraient les papiers et les appareils éparpillés devant elle. Les stores à moitié fermés laissaient entrer un peu du bourdonnement tranquille de la ville, mais à l'intérieur du modeste bureau du commissariat, l'air était si calme que le temps semblait s'être arrêté.

Byrne se pencha et suivit des yeux les traces laissées par les appels téléphoniques de Julien Vane. Chaque appel et chaque SMS lui semblaient être un fil dans une toile complexe qu'il devait démêler avant que la vérité ne s'éloigne encore davantage. Les numéros, les heures et même les courtes pauses entre les conversations laissaient entrevoir quelque chose de plus profond, quelque chose de caché sous la surface de la vie quotidienne.

Les appels suivaient un schéma étrange. Julien appelait certains numéros encore et encore. Certains appels étaient passés tard dans la nuit, d'autres se succédaient rapidement, et d'autres encore restaient sans réponse, comme des questions sans réponse. Les doigts de Byrne tapotaient lentement sur la table tandis qu'elle écoutait des extraits des messages vocaux enregistrés sur son téléphone. Les voix étaient tendues, anxieuses ou soigneusement dissimulées. Il était clair que Julien n'était pas simplement un romancier sur le déclin qui peinait à accepter le passage du temps. Au fond de lui, c'était un homme qui luttait contre ses peurs et qui était pris au piège dans un labyrinthe de contrôle et d'évitement. Byrne pouvait presque ressentir la terreur silencieuse que Julien devait éprouver. C'était le genre de peur qui n'explose pas vers l'extérieur, mais qui se replie sur elle-même, transformant tout ce qu'elle touche.

Byrne remarqua que certains numéros étaient souvent liés à Marie, la femme de Julien. Les appels étaient courts et parfois grossiers, et lorsqu'on les écoutait sur haut-parleur, le ton changeait légèrement. Julien avait l'impression de marcher sur une corde raide, essayant de maintenir l'ordre tout en s'inquiétant constamment de ce qui pourrait mal tourner. D'autres contacts envoyaient des messages plus longs et plus secrets qui faisaient allusion à des secrets qui ne devaient pas être partagés. Byrne avait l'estomac noué à l'idée que Julien n'était peut-être pas victime d'une tragédie soudaine, mais plutôt prisonnier de sa propre création. Il se trouvait peut-être pris dans une relation compliquée avec sa femme qui le faisait se sentir à la fois en sécurité et effrayé.

Alors que Byrne parcourait ces traces numériques, la tension dans la pièce semblait monter sans que personne ne dise quoi que ce soit. Elle se demandait si les appels répétés de Julien à sa femme étaient dus au fait qu'il lui faisait vraiment confiance ou qu'il essayait de changer la version des faits à laquelle tout le monde croyait. Julien avait-il simplement peur de Marie, ou craignait-il également ce qui pourrait arriver si la vérité éclatait ? Byrne voyait bien que la frontière entre victime et manipulateur devenait de plus en plus floue. Chaque appel et chaque message pouvaient avoir été soigneusement planifiés pour influencer l'opinion des gens sur les derniers jours de Julien, les maintenant dans une histoire qui n'était pas tout à fait réelle. La détective plissa les yeux en essayant de déterminer à quels moments Julien était terrifié et à quels moments il faisait simplement semblant afin de garder le pouvoir entre ses mains même après sa mort.

L'inquiétude de Byrne grandissait à mesure qu'elle suivait la piste numérique, se demandant si la peur de cet homme était le reflet de ses propres démons intérieurs. Julien avait-il peur de la femme dont il dépendait, ou était-il celui qui contrôlait les personnes les plus proches de lui, comme son agent, sa maîtresse et tous les autres ? Les relevés téléphoniques ne donnaient pas de réponse claire, mais ils montraient que cette personne avait mené une vie prudente dans l'ombre. Byrne repensa aux conversations entre Julien et Marie, qui regorgeaient de menaces tacites et de confessions cachées. La vérité semblait de plus en plus difficile à trouver, enfouie sous des couches de culpabilité, de désespoir et de contrôle. À chaque fil qu'elle démêlait, Byrne sentait le poids d'une histoire délibérément cachée. Cela l'incita à examiner de plus près les infimes détails révélateurs qui se trouvaient juste devant elle.

Lorsque Byrne se leva de son bureau, le soleil était plus haut dans le ciel et la lumière dans la pièce était plus vive, mais l'image était toujours floue. Le téléphone de Julien était plus qu'un simple téléphone ; c'était le témoin silencieux d'un homme déchiré par des besoins contradictoires : le désir d'être compris, le besoin de contrôler l'histoire de sa propre vie et une peur sourde de la femme à ses côtés. Byrne savait que pour découvrir ce qui s'était réellement passé au cours des dernières heures, il fallait remonter à la source de ces appels. Mais la question qui la taraudait était simple et froide : Julien avait-il peur parce qu'il avait perdu le contrôle, ou était-ce lui qui tirait les ficelles, mettant en scène un dernier spectacle qui laisserait tout le monde dans l'incertitude ? Byrne devait s'enfoncer davantage dans le labyrinthe numérique pour se rapprocher de la réponse. Elle ne pouvait se fier à aucune apparence et devait prêter attention à ce que le silence entre les appels pouvait révéler.

9
L'ÉDITEUR

(10 H)

Marie restait immobile dans la pièce sombre, fixant le plâtre fissuré du mur en face d'elle. L'endroit était si calme que les seuls bruits étaient le faible bourdonnement de la ville à l'extérieur et le doux son de sa respiration. Elle ne bougeait pas et ne clignait pas des yeux, comme si le fait de regarder quelque chose pouvait d'une manière ou d'une autre arrêter ce qui se passait en elle. Son esprit ne cessait de repasser l'appel que Julien venait de passer. Sa voix semblait lointaine, robotique, presque comme si elle appartenait à quelqu'un d'autre. Cet appel avait tout changé, mais à présent, tout ce qu'elle ressentait, c'était son poids qui pesait sur elle, lourd et implacable, la maintenant en place sans un mot ni une protestation. Les murs de la pièce semblaient se refermer sur elle, l'emprisonnant dans son silence.

Julien était affalé dans son fauteuil à l'autre bout de la pièce, et il semblait si fatigué que son visage semblait fait de papier. Ses yeux, autrefois vifs et pleins de vie, fixaient désormais le vide. Son visage semblait vide, comme une coquille vidée pendant la nuit. Son visage ne montrait aucune émotion : ni colère, ni regret, ni espoir. Juste le visage vide de quelqu'un qui était perdu dans l'immense silence stérile qui l'entourait. C'était comme si son esprit s'était enfui dans un endroit calme et froid, loin de cette pièce. Son corps racontait une histoire d'épuisement, de combats menés et perdus, et d'une étincelle qui s'éteignait et qui semblait peu susceptible de revenir. Pourtant, on avait le sentiment troublant qu'il attendait quelque chose, ou peut-être avait-il déjà décidé qu'il était temps de tout laisser derrière lui.

Le visage de Julien resta impassible dans le silence qui suivit, sans aucun signe de pensée ou de sentiment. Ses mains reposaient mollement sur ses genoux et tremblaient légèrement, signe qu'il était tendu, mais personne d'autre ne semblait le remarquer. Ses chaussures raclaient doucement le sol en bois lorsqu'il bougeait, presque sans y penser. Ses yeux se posèrent enfin sur le mur, mais ils ne s'y attardèrent pas. C'était comme s'ils ne voyaient ni ne percevaient rien. Chaque respiration était superficielle et rapide, comme pour rappeler que la vie s'échappait encore à petits pas, lentement et inévitablement. L'air de la pièce était chargé de l'odeur de la poussière, du vieux papier et du parfum léger de son eau de Cologne. Tout cela était tout ce qui restait d'un homme qui vivait autrefois pour les mots et les histoires, mais qui ne vivait plus désormais que dans ce silence interminable et inutile.

Une voiture passant au loin rompit brièvement le silence, mais aucun d'eux ne quitta son monde. L'esprit de Julien tournait à toute vitesse, pris entre ses souvenirs et un étrange engourdissement qui rendait tout ce qui l'entourait lointain et irréel. Son visage semblait plus vide qu'auparavant, comme si l'appel lui avait ôté toute vie. Il regarda à nouveau le mur, non pas pour trouver du réconfort, mais peut-être pour voir à travers, au-delà de la surface. Il semblait absent mais concentré, comme s'il cherchait quelque chose qu'il savait ne jamais trouver. Le temps semblait s'étirer dans ce moment de calme, remplissant l'espace entre son dernier souffle et ce qui allait suivre. Julien était à peine présent dans cette pièce ; il n'était qu'une coquille vide qui renfermait les échos d'un esprit déjà brisé.

Sloane était assise dans son bureau sombre, fixant son téléphone qui vibrait furieusement sur le bureau. L'appel de l'éditeur lui donnait l'impression que ses nerfs déjà à vif allaient lâcher. Elle ne pouvait s'empêcher d'entendre leurs paroles, qui résonnaient comme un tambour battant de déception. Ils lui avaient dit qu'ils la laissaient partir, et elle sentait chaque mot ronger son calme apparent. Julien, l'éminent romancier qu'elle soutenait depuis des années, était sur le point de devenir un fantôme littéraire, et le poids de cette vérité lui pesait lourdement sur la poitrine. Le cœur battant à tout rompre, elle repassait la conversation dans sa tête, chaque ton insistant s'enfonçant plus profondément dans son esprit et menaçant de révéler les failles de son professionnalisme soigneusement élaboré.

L'appel semblait s'étirer à l'infini, chaque seconde lui paraissant interminable. Ils n'arrêtaient pas de lui poser des questions et d'essayer de lui faire promettre que le déclin de Julien ne nuirait pas à sa réputation. Sloane sentait le poids de leurs doutes et de leur incrédulité lorsqu'elle leur disait que Julien traversait simplement une période éprouvante. Elle essayait de paraître sûre d'elle, mais tout ce à quoi elle pouvait penser, c'était que chaque mot qu'elle prononçait ressemblait à un sifflement d'air à travers un barrage brisé. L'appel prit finalement fin, mais ses effets restèrent gravés dans son esprit, résonnant dans ses oreilles comme un écho agaçant. La dure réalité était qu'elle devait affronter la triste vérité : la carrière de Julien s'effondrait, et ils allaient tous deux au-devant de sérieux ennuis.

Après l'appel, Sloane reprit son téléphone, car elle sentait qu'elle devait parler à Julien. Elle a laissé planer ses doigts au-dessus de l'écran et a marqué une pause, ignorant quels mots pourraient combler le fossé qui s'était creusé entre eux. Quand elle a finalement appelé, il n'y a eu que le silence après qu'il lui ait raccroché au nez. C'était comme s'il était entré dans un autre monde, la laissant derrière lui sur le seuil. Elle se sentait vide à l'intérieur, comme s'il n'y avait plus rien là où il y avait autrefois une connexion.

Julien avait toujours été difficile à vivre, mais cette fois-ci, la situation empirait que jamais. Il y avait beaucoup de tension entre eux, mais ils n'en parlaient pas. Elle ne pouvait s'empêcher de repenser à tout ce qui avait conduit à cette rupture : son regard distant, ses absences tardives, et le désespoir lent et rampant qui avait transformé sa personnalité autrefois si vive. Il avait appris à se détacher, à se couper du monde avec des couches d'amertume et de cynisme.

Sloane eut l'impression que quelque chose d'important venait de prendre fin lorsqu'elle entendit le téléphone raccrocher. Elle avait mis tout son cœur et toute son âme à le maintenir en vie. Chaque seconde qui s'écoulait sans réponse lui faisait prendre conscience qu'elle ne pourrait peut-être pas le sauver cette fois-ci. Elle se souvenait des rêves qu'ils avaient autrefois, ceux du succès littéraire et des louanges. Aujourd'hui, ces rêves ressemblaient à des fantômes de ce qu'ils avaient autrefois souhaité. L'artiste tourmenté était devenu un personnage fantomatique dans l'histoire qu'elle avait soigneusement élaborée, et la distance de Julien la rendait mal à l'aise quant à sa place dans le déroulement de l'histoire.

Mila se tenait près de la porte, le corps tendu mais le visage impassible. Le bureau de l'éditeur avait des angles vifs qui lui donnaient l'impression d'être piégée, mais elle s'y déplaçait avec une grâce tranquille, comme si les piles de papiers et les chuchotements discrets constituaient un monde auquel elle n'appartenait pas. Des voix s'élevaient et s'abaissaient autour d'elle, et les accusations étaient à peine voilées derrière des tons polis. Mais, Mila gardait une voix calme, les lèvres pincées, cachant ainsi la tempête qui faisait rage dans ses yeux. Elle se sentait coupable, comme l'odeur de vieux café dans l'air, mais elle faisait face au poids des soupçons avec un calme apparent qui ne trahissait rien. À ce moment-là, elle ne faisait pas partie du chaos ; elle regardait simplement une histoire qu'elle voulait réécrire dans sa tête s'effondrer lentement.

Elle regarda l'éditeur, un homme dont chaque regard semblait regorger de questions qu'il ne posait pas à voix haute. Le scintillement de la lumière fluorescente projetait des ombres sous ses yeux fatigués, le faisant paraître plus âgé qu'il ne l'était. Elle réalisa qu'elle prenait ses distances, séparant ses pensées des événements qui l'avaient amenée ici, et refusant de se joindre à l'histoire que les autres étaient en train de monter si rapidement. La salle de rédaction, avec ses murs stériles et ses conversations fragmentées, était un lieu où la vérité était une chose précieuse, difficile à obtenir pour les personnes à l'ego fragile. Mila pouvait sentir la pression monter juste sous la surface, comme un courant qu'elle pouvait sentir mais pas toucher. C'était comme si sa présence était une vague silencieuse dans une tempête qui faisait déjà rage.

Même si elle ne disait rien, l'esprit de Mila était envahi par des fragments de la veille : des mots durs échangés dans des couloirs tendus, une poussée inattendue et le claquement de la porte qui résonnait trop fort dans sa poitrine. Elle repensa au moment où Julien avait trébuché et au regard dans ses yeux qui était passé de la colère à quelque chose qu'elle ne pouvait déchiffrer. La peur l'avait fait fuir, et le goût épais de la panique qui lui recouvrait la gorge lui donnait un sentiment de vide intérieur, où le doute s'était profondément enraciné. Mais, maintenant, debout dans cette pièce où chaque accusation murmurée pouvait devenir un boulet, elle se disait qu'elle n'avait pas touché au dernier fil qui se détachait. Elle n'était ni une meurtrière ni une conspiratrice ; elle était juste une femme coincée entre une histoire qu'elle ne reconnaissait plus et le besoin de s'accrocher à des parties d'elle-même qui étaient encore intactes.

La brève conversation avec l'éditeur était pleine de tension. Sa poignée de main était ferme mais pas trop, et sa voix était calme mais Mila pouvait y déceler une pointe de suspicion. Elle pouvait sentir la légère odeur de cigare mêlée à celle, amère, du café noir froid qui était resté longtemps sur le bureau. Ces menus détails la ramenèrent à un moment qui lui semblait à la fois irréel et très réel. Il y avait beaucoup de tension dans le bureau, comme un brouillard qui rendait la réflexion ardue et chaque respiration pénible. Elle choisissait ses mots avec soin lorsqu'elle répondait à ses questions. Chacun d'entre eux portait le poids de son silence sur la vérité. Mais, elle gardait les yeux fixés sur le fauteuil en cuir usé en face d'elle, le seul endroit où elle pouvait s'imaginer s'échapper de tout cela.

Mila s'éloigna des événements qui avaient conduit à la mort de Julien tandis que l'éditeur lui posait des questions. Elle se souvint du dernier manuscrit qu'elle avait pris, caché au fond de son sac, trop dangereux à montrer mais trop important pour être jeté. Les ombres dans la pièce se transformèrent en silhouettes qu'elle savait être des masques, des personnes douées pour cacher leurs secrets et leur réputation. Elle regarda leurs histoires se dérouler comme les fils d'un vieux métier à tisser, chacun essayant de créer une version de la fin de Julien qui lui convenait. Mais, Mila ne faisait pas partie de leur plan. Son histoire était différente ; elle était pleine de peur et de mensonges, mais elle n'avait pas à endosser la responsabilité qu'ils voulaient lui faire porter. La bagarre qui s'était terminée par un nœud, le manuscrit volé et la fuite motivée par la peur : ce n'était pas un plan pour tuer. C'était une tentative désespérée de rester en vie dans une histoire dont elle n'avait jamais voulu faire partie.

Le silence de Mila devint son bouclier dans une pièce où tout le monde voulait prendre les commandes. Elle savait ce qui se passait : le resserrement lent d'un nœud coulant fait de mensonges et de suppositions. Mais, elle ne dit rien, car elle savait que parler reviendrait à admettre une réalité trop compliquée pour les histoires bien ficelées que les autres voulaient entendre. Mila vit les yeux de l'éditeur briller de doute et de calcul. Elle comprit que parfois, le plus fort était de ne rien dire. C'était un refus silencieux de s'impliquer dans une histoire qui ne pourrait jamais expliquer pleinement ce qui s'était réellement passé. À ce moment de faiblesse, sa distance n'était pas de l'indifférence, mais un instinct de survie, un moyen de protéger les fragiles fils de vérité qu'elle portait seule.

Lorsque le silence est si intense qu'il donne l'impression qu'une personne est présente, cela change tout ce qui suit. Mila a réussi à prendre du recul par rapport aux regards accusateurs et à l'atmosphère pesante parce qu'elle a su se contrôler pendant ces brèves conversations. Une vérité utile apparaît explicitement : lorsque les souvenirs et les motivations sont contradictoires, la meilleure chose à faire est de rester en retrait et d'observer. Vous pouvez garder une histoire vivante et même la réécrire plus tard, avec la clarté et le contrôle que seule la distance peut apporter, en observant, en écoutant et en choisissant soigneusement quand parler et quand se taire.

L'inspectrice Byrne avait toujours pensé que connaître les sources de revenus de ses suspects pouvait l'aider à résoudre l'affaire. Byrne savait qu'elle devait profondément creuser lorsque Sloane Porter entra dans son champ de vision. Sloane était une personne très discrète, mais Byrne pensait qu'il valait la peine de comprendre ce qui se passait avec son argent. Dès qu'elle a demandé ses relevés bancaires, ses rapports de solvabilité et ses déclarations fiscales, elle a commencé à reconstituer une histoire de pertes croissantes et d'impasses. Il était évident que Sloane n'était pas l'agent prospère qu'elle semblait être ; ses finances étaient en difficulté et elle avait de nombreuses factures en retard.

Alors que Byrne parcourait les documents, les choses commencèrent à prendre sens. Sloane était personnellement impliquée dans l'héritage raté de Julien Vane, qui l'avait laissée avec des dettes qu'elle ne pouvait rembourser. Le contrat d'édition qui lui avait autrefois promis la gloire lui semblait désormais être une chaîne qui se resserrait autour de sa cheville. Elle avait contracté des emprunts pour financer le dernier projet de Julien, et les éditeurs exigeaient d'être remboursés immédiatement. Byrne vit se dessiner un schéma : retards de paiement, chèques non encaissés et une série de factures impayées qui indiquaient que quelqu'un était sur le point de faire faillite.

Le rapport de solvabilité de Sloane révélait une multitude de problèmes : utilisation excessive du crédit, cartes de crédit à leur limite maximale et nombreux chèques sans provision. L'intuition de Byrne lui disait que les actions de Sloane avant et après la mort de Julien pouvaient s'expliquer par son désespoir. Elle ne craignait pas seulement de perdre sa réputation, elle craignait de perdre tout ce qui lui restait. Le sentiment que Sloane était sur le point de faire faillite lui donna une raison discrète mais forte d'agir. Byrne pensait que cette poussée vers le désespoir avait peut-être incité Sloane à faire quelque chose d'irréfléchi ou, pire encore, à planifier des choses afin de se protéger de l'empire qui s'effondrait autour d'elle.

Après avoir mené une enquête minutieuse, Byrne a compris que Sloane était responsable des dettes impayées de Julien. Il était également facile de comprendre pourquoi ses motivations avaient changé, car elle se trouvait dans une situation financière précaire. Ce n'était pas seulement parce qu'ils avaient pitié de Julien, dont la renommée déclinait, mais aussi parce qu'ils voulaient se protéger. Sloane pensait qu'en présentant la vie de Julien comme une histoire tragique d'échec et de déclin, elle pourrait dissimuler son propre effondrement. Byrne comprenait qu'elle veuille changer l'histoire de la mort de Julien afin de sauver sa réputation et d'éviter le poids écrasant de la faillite.

Byrne devait également comprendre comment Sloane cachait ses problèmes financiers pour découvrir ces informations. Byrne savait que les gens dissimulent souvent leurs secrets les plus embarrassants, tels que des reçus déchiquetés, des comptes cachés ou de l'argent non déclaré. Le silence de Sloane au sujet de l'argent en disait long. Byrne pensait qu'elle cachait plus qu'elle ne montrait, peut-être même qu'elle falsifiait des documents ou cachait de l'argent. Byrne savait que les enjeux étaient si importants pour Sloane que cela pouvait changer la façon dont elle allait jouer son prochain coup. Le travail de Byrne consistait à découvrir si une femme sur le point de tout perdre prendrait des décisions désastreuses, comme planifier une mort qui correspondrait parfaitement à son histoire.

Byrne a finalement compris que les problèmes financiers de Sloane n'étaient pas qu'un détail mineur, mais bien la clé pour résoudre tout le mystère. Connaître les dettes d'une personne, son degré de désespoir et les raisons pour lesquelles elle souhaite changer le cours des choses peut complètement modifier l'orientation de l'enquête. Lorsqu'il s'agit de motifs liés à la ruine financière, ce sont souvent les infimes choix cachés, faits dans un moment de faiblesse, qui comblent le fossé entre le doute et la vérité. Byrne prit mentalement note : ne jamais ignorer le pouvoir des détails financiers, car ils révèlent souvent la vérité qui se cache derrière une façade calme.

10

LE MANUSCRIT VOLÉ

(11 h)

Marie resta là un moment, son cœur qui tambourinait comme un train qui avait déraillé. Le bureau de Julien était en désordre, et elle n'arrivait pas à se concentrer, car elle avait trop de choses en tête. Elle prit une profonde inspiration et huma l'odeur du vieux papier et du café rassis. Cette odeur lui rappela les nuits tardives et les matins tôt qu'ils avaient passés ensemble. Aucune quantité d'écrits ou de notes ne pouvait masquer la peur qui la rongeait, faisant trembler ses mains alors qu'elle les repoussait.

Elle se mit à fouiller frénétiquement dans des piles de papiers qui n'étaient même pas rangées correctement. Chaque feuille contenait des souvenirs de leurs conversations passées, qui n'étaient plus désormais que des murmures dans l'air vicié. Julien était un génie, mais il rendait les choses hermétiques à comprendre. Marie voulait savoir comment les choses en étaient arrivées là. « Julien, as-tu vu mes notes ? » demanda-t-elle d'une voix à peine audible et tremblante de terreur. Elle voulait qu'il réponde, mais elle était coincée dans le labyrinthe de son obsession.

La faible lumière projetait des ombres sur les murs, donnant l'impression que la pièce rétrécissait. Marievoyait à peine et se sentait envahie par l'obscurité. Chaque recoin de la pièce recelait des mystères et des questions sans réponse. Elle respirait rapidement et superficiellement, et le silence autour d'elle la rendait nerveuse. Chaque fois qu'elle entendait un bruissement de papier, cela lui semblait de mauvais augure. Elle se souvenait de la dernière fois où elle avait vu Julien, rayonnant de beauté, absorbé par ses paroles tandis qu'elle se tenait à l'écart. Ces souvenirs aggravaient sa panique et resserraient encore davantage le nœud dans son estomac.

Elle pensait que chaque livre qu'elle lisait parlait de leur vie commune, et chaque carnet personnel qu'elle feuilletait était rempli de ses pensées, parfois brillantes, parfois bizarres. Elle se sentait très mal en repoussant le journal. Était-elle en train de se perdre dans cette recherche alors qu'il gisait là, peut-être mort ? Mais, elle ne pouvait s'en empêcher. Elle devait retrouver ses notes, car elles étaient la dernière chose qui la reliait à lui et sa dernière chance. Les piles chaotiques semblaient se moquer d'elle, lui rappelant à quel point il leur avait été difficile de communiquer et à quel point ils s'étaient éloignés l'un de l'autre.

Sloane était assise calmement dans son bureau, où la lumière chaude d'une lampe de bureau projetait de languissantes ombres sur les murs recouverts de contrats encadrés et de vieilles photos de ses précédentes réalisations. La pièce sentait un peu le vieux papier et le café froid, ce qu'elle associait aux longues heures de travail et aux délais serrés. Le détective Byrne interrogea Sloane au sujet du manuscrit perdu, et son visage resta impassible. C'était un masque contrôlé qui dissimulait le choc qui parcourait son corps. Ses yeux étaient immobiles, mais son esprit tournait à toute vitesse. Elle repassa chaque instant et chaque interaction, à la recherche du fil conducteur qu'elle aurait pu manquer ou ne pas avoir remarqué. Tout autour d'elle, c'était le chaos, mais elle restait calme car elle savait à quel point il était dangereux de montrer ses doutes, surtout maintenant.

Ce jour-là ne cessait de lui revenir à l'esprit. Quand elle avait appris la mort de Julien, cela avait été si inattendu et douloureux que cela était resté gravé en elle comme une vague douleur. Elle se souvenait être entrée dans son appartement, où régnait un silence feutré et où flottait une légère odeur de tabac et d'autre chose qu'elle ne parvenait pas à identifier. Elle n'avait rien remarqué d'inhabituel jusqu'à ce qu'elle arrive devant son bureau. C'est alors que le manuscrit manquant l'avait frappée comme un coup de poignard. Cela ressemblait à une erreur, à une énorme bévue dans une situation déjà trop instable pour être gérée. L'instinct de Sloane lui disait de rester calme et de se comporter comme une agente qui savait ce qui se passait, même si ce n'était pas le cas. Nier toute connaissance était son seul moyen d'éviter les soupçons et les reproches, ce qu'elle devait faire pour conserver son emploi et son faible contrôle sur la vérité.

Elle se souvenait du léger malaise qui l'envahissait lorsqu'elle discutait avec des connaissances, des policiers et, parfois, des journalistes aux yeux avides qui venaient la voir. Elle avait l'impression de recevoir des coups d'aiguille chaque fois que quelqu'un lui posait une question sur le livre, mais elle prenait soin de ne laisser personne voir qu'elle était en colère. Elle n'avait jamais été au courant du secret des pages manquantes et était incapable d'expliquer ou de justifier leur absence. Quand elle pensait à dire qu'elle ne savait pas, elle avait l'impression de trahir l'héritage de Julien, elle-même et tout ce pour quoi elle avait travaillé. Sloane savait que si elle commettait une erreur, les gens la blâmeraient rapidement, alors elle acquiesçait aimablement, donnait des réponses toutes faites et poursuivait la discussion sans laisser entendre qu'elle ne savait pas tout.

Le manuscrit volé était plus qu'un simple objet ; c'était la clé pour découvrir ou améliorer encore davantage le complot méticuleusement préparé par Julien. Les difficultés financières de Sloane pesaient sur elle comme une ombre, rendant les enjeux encore plus importants. Elle avait vu des éditeurs devenir furieux et en demander davantage, et chaque retard réduisait le solde de son compte bancaire. Le scandale et la perte du dernier effort de Julien, qui, elle l'espérait, les sauverait tous les deux, étaient inutiles pour elle. Elle n'avait rien volé, même si elle était soumise à un stress intense. Elle devait accepter que cela ne dépendait pas d'elle, même si cela ruinait tous ses plans.

Sloane continuait à tout nier, non pas parce qu'elle mentait, mais parce que c'était le seul moyen de rester en vie. Elle avait compris que l'autorité dans le monde littéraire était une chose fragile et que dire qu'elle ignorait quelque chose ou qu'elle était faible pouvait donner l'avantage aux autres. Il n'y avait pas de place pour la faiblesse. Derrière son apparence calme, son esprit était en ébullition. Elle rassemblait des fragments de souvenirs et parcourait la chronologie à la recherche d'indices qui pourraient la mener là où elle n'avait pas encore osé aller. Le manuscrit volé ressemblait à fantôme dans la pièce, toujours présent et menaçant de lui révéler des choses qu'elle n'était pas prête à entendre. Elle continuait à jouer son rôle, calme et posée, espérant que les réponses viendraient sans l'entraîner dans la tempête qui la terrifiait le plus.

Gardez à l'esprit que lorsque vous êtes stressé, avoir l'air calme ne signifie pas toujours que tout va bien. Parfois, le silence ou le déni peuvent être des signes de peur, de perplexité, voire de simple ignorance. Il est tout aussi important de prêter attention à ce que les gens ne disent pas qu'à ce qu'ils disent.

Mila était assise seule dans son petit appartement sombre et regardait le manuscrit en désordre posé sur son bureau. Les pages jaunies avaient été tellement manipulées que leurs bords étaient légèrement cornés. La faible lumière de la lampe de bureau projetait de longues ombres sur elles. Elle était à la fois effrayée et excitée, et ses doigts tremblaient tandis qu'elle suivait attentivement les lignes griffonnées. L'odeur du papier ancien et de l'encre la ramena au présent alors qu'elle s'apprêtait à lire la triste confession de Julien. Les mots sur les pages semblaient lui murmurer des secrets qu'elle seule pouvait entendre, des vérités qui pourraient changer sa vie à jamais.

Julien Vane a gardé ce texte secret jusqu'à sa mort. C'était un trésor caché. Ces papiers contenaient ses pensées sincères et non censurées, des choses qu'il n'aurait jamais voulu que quelqu'un d'autre voie. Mila étala les papiers devant elle et comprit qu'elle tenait entre ses mains bien plus qu'une simple confession. Elle tenait son avenir, son travail, et peut-être même sa liberté. Elle avait travaillé dur et s'était battue longtemps pour en arriver là, pour trouver la clé du dernier acte de Julien. Elle se prépara à lire les mots qui pourraient la rendre célèbre ou ruiner sa vie. Ses mains tremblaient et son cœur battait à tout rompre. Dès que les pages craquaient, elle avait l'impression que le poids de ce qu'elle s'apprêtait à découvrir devenait plus lourd.

Ses yeux parcoururent rapidement les lignes griffonnées, lisant attentivement chaque mot. L'écriture était irrégulière et émotionnelle, parfois décousue, parfois d'une précision effrayante. Le ton de Julien était honnête ; il montrait les moments où il était faible, furieux et cherchait à contrôler les autres. Mila pensait que ces pages contenaient la vérité sur sa mort, des éléments que personne d'autre ne pouvait comprendre ni même soupçonner. C'était pour elle la preuve que le dernier acte de Julien n'était pas un événement fortuit ou une tragédie, mais une mise en scène parfaitement préparée. Le manuscrit révélait également le côté sombre de Julien : son désir de laisser derrière lui un héritage fait de mensonges, de secrets et de sang. Elle savait que la façon dont elle utilisait chaque mot pouvait en faire une arme ou un bouclier.

Alors que Mila tournait délicatement les pages, son esprit bouillonnait d'idées. Les documents faisaient allusion à des secrets que Julien avait cachés à tous, même à elle, et à des raisons profondes. Elle réfléchissait à la façon dont ses révélations pourraient nuire à son travail à chaque mot qu'elle écrivait. Elle pensait aux interviews, aux titres retentissants et aux prix littéraires, à la reconnaissance qu'elle désirait mais qu'elle avait trop peur de demander. Mais, derrière ses objectifs se cachait un sentiment encore plus désagréable : le remords. Elle revoyait encore la dispute lors de laquelle Julien l'avait poussée et où elle s'était effondrée. Elle se demandait si sa panique était passée de la peur au remords et si elle était en partie responsable de ses blessures. En poursuivant sa lecture, elle comprit que Julien avait toujours été conscient de cette faiblesse dans sa vie et qu'il l'avait utilisée pour obtenir ce qu'il voulait en racontant une histoire qu'il était le seul à pouvoir contrôler.

En poursuivant sa lecture, Mila comprit que le livre qui lui avait été dérobé pouvait être son meilleur atout. Son contenu pouvait être transformé en une histoire captivante qui attirerait l'attention des lecteurs, des critiques et des éditeurs. Elle pourrait expliquer que sa relation avec Julien était plus qu'une liaison anodine ; c'était un accord, un secret lié à ses peurs et à ses désirs les plus intimes. Lorsqu'elle prenait la parole lors de conférences ou qu'elle était interviewée au sujet de son travail, les révélations de Julien pesaient sur elle comme une ombre. C'est le texte qui lui permettait de continuer. Le manuscrit montrait qu'elle pouvait atteindre son plein potentiel et se faire un nom dans le monde littéraire, mais il avait également le pouvoir de tout détruire si elle laissait la vérité s'échapper. En lisant les horribles confessions que Julien avait écrites de sa propre main, elle pensait avoir le pouvoir.

Le faible bruit de la lumière au plafond et l'odeur propre de la salle d'interrogatoire se mélangeaient. L'inspectrice Byrne entra avec un air impassible, mais ses instincts étaient en alerte maximale. Elle avait vu beaucoup de gens à cette table, mais ce soir-là, le visage de Mila Novak lui semblait particulièrement effrayant. Mila était affalée sur sa chaise et ses mains bougeaient rapidement sur ses genoux, ce qui révélait son agitation. Elle dégageait un mélange de peur et de détermination qui rendait la pièce plus petite.

Lorsque Byrne s'assit en face d'elle, l'ambiance changea. L'enquêteuse se pencha en avant, le regard perçant mais calme, prête à parler de ce qui s'était passé cette nuit-là. Le cœur de Mila battait à tout rompre tandis qu'elle repensait à chaque détail de son combat contre Julien, à la façon dont il l'avait regardée dans les derniers instants et au sentiment horrible qui avait suivi. Elle savait que l'interrogatoire allait bientôt commencer et qu'il serait intense, et elle se prépara à l'inévitable remise en question de son alibi.

Mila prit une profonde inspiration pour calmer sa voix avant de commencer à raconter sa version des faits. Ses remarques sortirent avec aisance, comme si elle les avait répétées dans sa tête. Elle dit :

« Je suis arrivée chez Julien vers six heures », dit-elle en essayant de paraître détendue. « Nous avons dîné. C'était une soirée normale. » Mais, le léger tremblement dans sa voix la trahissait. Elle se souvenait à quel point l'atmosphère avait été tendue ce soir-là, et son cœur se mit à battre à toute vitesse.

Byrne acquiesça et resta attentif au moindre signe pouvant trahir la vérité ou le mensonge.

« Pourquoi vous êtes-vous disputés ? » demanda-t-elle en posant un stylo sur un bloc-notes.

La question était lourde de sens. Mila marqua une pause et baissa les yeux vers ses mains qui tremblaient.

« Il y a juste quelques problèmes dans ma vie. Rien de grave. »

Elle espérait que l'enquêteur ne pourrait pas voir à travers les trous de son masque. Mais, tandis que Mila parlait, ses réponses soigneusement préparées commencèrent à se bousculer, et elle montra des signes de culpabilité, notamment un tic à l'œil, un essoufflement et un sourcil légèrement relevé.

Byrne surveillait chacun de ses gestes, sachant que les réponses placides de Mila cachaient des histoires. Tout semblait indiquer que chaque « je ne m'en souviens pas » et « tout allait bien » était davantage un combat qu'une confession. Les deux femmes devinrent amies, et une guerre d'esprit éclata dans ce petit espace. Byrne, qui savait lire les sentiments des gens, pouvait voir que Mila traversait une période difficile, même si elle essayait de rester calme dans la tempête qu'elle avait provoquée.

11

L'« ALIBI » DE L'ÉPOUSE

(12 h 30)

Marie poussa la porte du café. Le bourdonnement discret du petit café de l'hôpital la frappa comme une vague à la fois familière et importune. L'odeur forte du café fraîchement moulu se mêlait au tintement des tasses et aux conversations à voix basse. Elle regarda autour d'elle jusqu'à ce qu'elle aperçoive Beth, sa collègue du service de cardiologie, déjà assise dans un coin près de la fenêtre. La lumière du soleil l'enveloppait, créant une douce lueur qui contrastait avec la tension qui montait en Marie. Marie s'assit et croisa les mains, cachant l'anxiété qui la rongeait depuis le début de la matinée.

Beth sourit d'un air fatigué et dit : « On dirait que tu en avais plus besoin que moi. »

Elle poussa une tasse de café noir vers Marie. Leurs déjeuners étaient devenus un rituel, une rare occasion de se détendre dans cet hôpital où tout allait très vite. Marie acquiesça et jeta un rapide coup d'œil à la chaise vide en face d'elle. C'était l'absence de Julien qui lui pesait le plus.

« Il ne va pas bien », dit-elle doucement, sa voix à peine audible au milieu du brouhaha du café. « Son état empire, mais c'est comme s'il reculait avant que le pire n'arrive. »

Beth tendit la main, ce qui était gentil, mais Mariese recula légèrement.

« Tu ne comprends pas », dit-elle d'une voix plus calme. « Ce n'est pas seulement sa santé. Il s'éloigne de moi d'une manière que je ne peux pas comprendre. L'homme que j'ai épousé, l'écrivain que j'aimais, me semble être un fantôme prisonnier de son propre corps. »

Il n'y avait aucune accusation, juste une frustration lasse. La santé de Julien s'était lentement détériorée, mais Marieen ressentait le poids en permanence. Elle avait tout essayé, des rendez-vous aux traitements en passant par les interventions, mais rien ne semblait fonctionner.

Au fil de la conversation, Mariea dit des choses qu'elle gardait habituellement pour elle à cause de son travail.

« Il n'a pas toujours été comme ça », dit-elle en regardant le bord ébréché de sa tasse de café. « C'est comme s'il essayait de se faire du mal exprès en refusant toute aide et en repoussant les gens. Et le pire dans tout ça ? Il le fait juste pour me contrarier. »

Sa voix baissa, et l'amertume qu'elle contenait la surprit. Julien avait toujours été fier de son travail, mais maintenant, sa colère transparaissait dans leurs conversations, vive et corrosive.

« Tu es en colère contre lui ? » demanda Beth avec précaution, sentant la fine ligne entre amour et colère sur laquelle Marie évoluait.

Marie réfléchit un instant avant de répondre : « Oui, parfois, je suis en colère. » Il est fatigant de faire comme si tout allait bien alors que ce n'est pas le cas. J'ai l'impression de le perdre à nouveau quand il s'emporte ou se renferme. »

Le bruit du café s'estompait en arrière-plan tandis que Mariese se laissait aller à dire ce qu'elle avait gardé pour elle : la maladie de Julien n'était pas seulement physique ; elle détruisait la vie qu'ils avaient construite ensemble.

Les mots de Marie restèrent suspendus dans l'air, et des questions tacites les traversèrent : le déclin de Julien était-il une capitulation ou une rébellion secrète ? Était-elle désormais seulement une gardienne, ou était-elle autre chose ? Ces doutes l'accablaient, rendant le soleil de l'après-midi plus froid qu'il n'aurait dû l'être.

Beth bougea sur son siège, car elle sentait que la conversation devait aller vers quelque chose de plus concret.

« Où étais-tu hier après-midi ? »

« Pourquoi ? » demanda-t-elle, non pas parce qu'elle était méfiante, mais parce qu'elle était sincèrement curieuse.

Marie la regarda droit dans les yeux.

« À l'hôpital », répondit-elle simplement, d'une voix calme malgré la tension qui régnait encore. « J'avais un rendez-vous chez le cardiologue, puis j'ai dû m'occuper de paperasse qui m'a retenue à mon bureau jusqu'à presque sept heures. »

Marie avait besoin de mettre l'accent sur les détails routiniers : un calendrier structuré et documenté qui résistait au chaos entourant la situation de Julien.

Elle a ensuite raconté en détail les hauts et les bas de sa journée : les visites matinales, un patient compliqué qui avait besoin de toute son attention, et un déjeuner rapide pris entre deux réunions. L'odeur stérile de l'antiseptique, le bip des moniteurs et les lumières vives de l'hôpital ont planté le décor d'une journée qui ne laissait place à aucun détour ni secret.

Marie a ajouté : « Bien sûr, il y a les journaux, les enregistrements horodatés, les connexions, comme d'habitude. »

C'était une preuve ennuyeuse, mais elle rendait son histoire réelle d'une manière presque trop normale par rapport à tout le reste.

Pour Marie, cette excuse était à la fois un moyen de se protéger et d'admettre ce qu'elle avait fait. Cela empêchait les gens de se méfier d'elle, mais cela la faisait aussi se sentir seule. Elle était au travail et non avec Julien, elle ne pouvait donc pas l'empêcher de s'effondrer. Et même si elle ne voulait pas le savoir, c'était une vérité à laquelle elle ne pouvait échapper. Les horaires de l'hôpital, les notes sur les patients et le rythme régulier de la vie clinique se combinaient pour rendre sa présence incontestable, même lorsque son cœur était déchiré entre le doute et la culpabilité.

Sloane était penchée sur son ordinateur portable, ses doigts se déplaçant rapidement et habilement sur le clavier. La pièce était sombre, et la seule lumière provenait des graphiques financiers clignotants à l'écran. Elle était très concentrée tandis qu'elle passait en revue le portefeuille d'investissement de Julien et ne manquait aucun détail. Elle comprit ce qui était en jeu, et le temps pressait. Elle devait agir rapidement pour obtenir à Julien l'avance importante dont il avait besoin pour son nouveau livre. Les actions devaient être vendues immédiatement afin de gagner de l'argent avant la date limite fixée par l'éditeur. Elle devait décider quoi vendre pour gagner le plus d'argent possible avec le moins de pertes possible. Chaque seconde comptait. C'était un exercice d'équilibre précis qui exigeait un calme et une précision absolus, même si la tension montait.

Il était évident qu'elle était nerveuse derrière ses lunettes. Elle savait que le fait d'annoncer à ses proches qu'elle allait vendre certaines de ses affaires pourrait les surprendre, mais elle ne pouvait plus attendre. Elle se trouvait dans cette situation depuis que les ventes de Julien n'avaient pas abouti et que ses dettes ne cessaient de s'accumuler. Vendre ses actions lui permettrait d'obtenir de l'argent, mais cela signifierait également perdre de l'argent sur des investissements auxquels elle avait cru. Elle pensa aux dates de sortie des livres, au fait que les éditeurs voulaient récupérer leur argent et à sa réputation qui était en jeu. Elle parcourut rapidement les pages et choisit les actions qui avaient le plus de chances de se vendre rapidement et de ne pas causer trop de problèmes à long terme. Chaque vente était comme un petit trou dans le tableau finement tissé qu'elle s'était construit, mais il fallait le faire pour éviter le désastre.

Elle agissait avec détermination, ses pensées oscillant entre deux réalités : le besoin d'argent et le poids de ses intentions personnelles. Elle se sentait un peu mieux et un peu nerveuse en voyant les chiffres changer à mesure que les commandes arrivaient. Elle vendait des actions pour rembourser le prêt contracté par Julien, ce qui était une solution modeste à un sérieux problème. Ce processus lui donnait plus de temps, mais créait également un labyrinthe de tromperies. La ville à l'extérieur était tranquille, ignorant qu'un ouragan faisait rage sous ses doigts. La pièce sentait légèrement le papier et le métal froid, ce qui lui faisait penser au monde dans lequel elle vivait, où les choses pouvaient être achetées, vendues et effacées en un instant.

Sloane s'assit dans le fauteuil en cuir en face de la table. Elle était toujours préoccupée par la rapidité avec laquelle elle avait dû vendre les actions de Julien. Elle se servit un verre de vin blanc bien frais et le but lentement. La lumière scintillait sur la surface froide du vin. Elle chercha à tâtons une petite huître tandis qu'elle était assise là, seule. Le goût salé sur sa langue lui semblait étrangement approprié, comme si la saumure lui rappelait les décisions rapides et radicales qu'elle venait de prendre. La fine coquille entre ses doigts lui rappelait à quel point la vie et la fortune peuvent changer rapidement, tout comme la créature qu'elle renfermait. Ses pensées revenaient sans cesse sur les détails pendant qu'elle mangeait. Elle ne savait pas si l'argent qu'elle venait d'obtenir serait suffisant ou si elle devrait prendre des mesures plus radicales.

Le goût salé des huîtres et la douceur du vin lui procurèrent un moment de paix, lui permettant d'oublier son anxiété grandissante. Elle regarda par la fenêtre les lumières clignotantes de la ville en contrebas et se demanda si sa course effrénée à l'argent durerait jusqu'à la dernière minute ou si le poids de ses motivations cachées ferait tout s'écrouler. Elle pensa à la difficulté de maintenir la façade fragile qu'elle présentait à tout le monde, à l'intention secrète de Julien de la tuer et à sa propre ruine financière. Le vin froid et les huîtres crues étaient comme un bouclier qui l'aidait à se sentir mieux immédiatement au milieu de ses pensées confuses. Elle savait qu'elle devait continuer à jouer la comédie et s'assurer que tout se passe bien, sinon la vérité pourrait éclater et tout pourrait s'effondrer.

Mila venait d'entrer dans un café confortable ; ses yeux devaient s'habituer à la lumière tamisée, qui contrastait merveilleusement avec celle de la rue juste à l'extérieur. Dès qu'elle pénétra dans la pièce, une forte odeur de grains de café torréfiés mêlée à la douceur des pâtisseries fraîches l'enveloppa et l'accueillit chaleureusement. Elle prit une profonde inspiration pour cacher les battements de son cœur. Vêtue tout en noir, elle dégageait une impression de professionnalisme décontracté qui semblait tout à fait appropriée pour discuter de son dernier manuscrit avec Sloane, son agent. Le café était rempli du murmure des autres clients et du tintement des tasses, mais Mila restait concentrée sur la tâche qui l'attendait, tandis que son cœur battait à tout rompre, entre peur et excitation.

Sloane arriva peu après, sa présence imposante contrastant avec l'atmosphère détendue du café. Elles s'installèrent à une petite table dans un coin, où on leur apporta deux tasses de thé fumantes et des scones à moitié mangés sur une assiette posée entre elles. Elles échangèrent des compliments, l'esprit de Mila tournant à toute vitesse. Elle posa à Sloane quelques questions suggestives sur leurs objectifs communs, l'air un peu perplexe. Sloane, qui était normalement raisonnable et réservée, semblait aujourd'hui inhabituellement vive ; ses yeux brillaient d'une lueur indéchiffrable. Mila sentit une atmosphère électrique dans l'air, comme si le café lui-même retenait son souffle en attendant qu'elles parlent.

D'un ton incertain, Mila évoqua une idée « primée » qui lui était venue à l'esprit. Sa voix était presque un murmure, mêlant excitation et prudence. Il ne s'agissait pas d'une simple sollicitation, mais d'une opportunité qui pourrait changer sa carrière à jamais, comme elle en rêvait depuis longtemps. Sloane allait-elle réaliser son potentiel ? Allait-elle voir en Mila elle-même le côté dangereux de l'ambition ? Alors qu'elle exposait son concept, l'atmosphère semblait s'épaissir, ses yeux rivés sur le visage de Sloane, guettant le moindre signe d'encouragement ou d'hésitation. Sloane se pencha en arrière, les doigts joints, réfléchissant attentivement à la proposition de Mila. À ce moment précis, le décor du café s'effaça, ne laissant que deux personnes dans une sphère étroite d'ambition tendue et de rêves inassouvis, toutes deux parfaitement conscientes des enjeux.

L'inspectrice Byrne s'assit dans le fauteuil rigide de la salle d'interrogatoire et regarda à nouveau les images granuleuses de la caméra de sécurité sur l'écran. L'horloge murale tictaquait régulièrement, ce qui contrastait fortement avec les sensations dans son estomac. Les mouvements de Marie West étaient clairs : calmes, précis, presque comme si elle répétait. Les horaires correspondaient parfaitement entre le moment où Marie avait quitté l'hôpital et celui où Julien Vane était mort. La caméra de surveillance l'avait filmée se rendant au magasin, s'arrêtant brièvement dans un café, puis rentrant chez elle vingt minutes avant les derniers instants enregistrés de Julien. Chaque image et chaque bip de l'horodatage correspondaient à ce qu'elle avait dit. Les rapports médico-légaux montraient que Marie n'était pas sur les lieux du crime au moment du décès. Son emploi du temps était corroboré par des dossiers médicaux et des cartes d'accès à l'hôpital. L'alibi était si solide que cela rendait Byrne mal à l'aise. Il semblait presque trop parfait, comme si quelqu'un avait répété ses gestes pour qu'ils correspondent à une histoire plutôt qu'à la vérité.

Même si les preuves étaient probantes, l'instinct de Byrne la mettait mal à l'aise. Le témoignage de Marie semblait trop perfectionné. Ce jour-là, la salle était étrangement silencieuse. Personne ne bougeait ni ne commettait d'erreur dans son discours ; seuls le léger cliquetis d'un stylo et la respiration régulière de Marie pouvaient être entendus. C'était le genre de calme que l'on attend d'un professionnel, mais il était presque robotique. Byrne savait que les personnes les plus silencieuses étaient parfois celles qui avaient les plus insondables secrets. Les mouvements de Marie étaient si précis et ses souvenirs si clairs qu'ils m'ont rendu méfiante : cet alibi avait-il été préparé en connaissant tous les angles de caméra et tous les témoins ? Elle avait appris que les alibis parfaits signifiaient souvent que quelque chose était caché juste sous la surface. La question n'était pas de savoir si Marie était là ou non. Il s'agissait de savoir si elle disait la vérité ou si elle racontait un mensonge bien ficelé destiné à dissimuler quelque chose de bien pire.

Byrne ressortit les rapports médico-légaux et les parcourut attentivement, prenant des notes sur les petits détails concernant les preuves matérielles et les résidus chimiques. Rien sur les lieux ne désignait Marie. Il n'y avait aucune empreinte digitale suspecte, aucune trace de son parfum ou de sa sueur, et aucun signe d'effraction ou de lutte. Les rapports étaient très détaillés. Mais, un doute subsistait, que Byrne ne pouvait ignorer dans le silence qui suivait ces rapports. Elle avait l'impression d'être face à un puzzle dont l'une des plus grandes pièces avait été lissée à dessein pour en masquer les contours réels. Cet alibi semblait parfait sur le papier, mais il avait été tellement peaufiné qu'il avait perdu toute sa rugosité naturelle. Byrne repassait sans cesse la vidéo dans sa tête : la façon dont Marie posait ses mains sur le caddie et se déplaçait lentement et facilement d'une scène à l'autre. C'était trop rigide. Presque comme un spectacle.

Byrne commença à remarquer de subtiles différences, comme des murmures à peine audibles sous le bruit des faits. Il y avait une petite différence entre l'heure à laquelle Marie disait avoir appelé Julien et les enregistrements téléphoniques. Il y avait un intervalle de trente secondes dans les images de vidéosurveillance que personne n'avait remarqué auparavant. Les techniciens chargés de recueillir les preuves trouvèrent une odeur florale et âcre qui flottait autour d'une bouteille vide dans la cuisine. Un produit nettoyant. L'odeur de stérilité donnait l'impression que Marie avait nettoyé peu de temps après le décès. Byrne pensa à la brillance d'un comptoir poli, au bruit de l'eau de Javel sur un chiffon et au besoin tacite de se débarrasser de tout ce que la caméra ne pouvait pas voir. Ces petits détails s'insinuèrent lentement dans son esprit, lui faisant penser à une surface calme qui cachait à peine de nombreux problèmes sous-jacents.

Plus Byrne réfléchissait à l'apparente sérénité de Marie, plus il lui semblait que tout cela avait été planifié. Les souvenirs de Marie étaient trop lisses, comme si elle avait répété son histoire maintes et maintes fois dans une pièce silencieuse. Byrne se demandait si même le meilleur alibi pouvait vraiment cacher la vérité. Et si le cœur qui tremblait de culpabilité ou de peur battait toujours à tout rompre sous cette apparence calme ? Byrne sentait le poids de chaque question restée sans réponse peser sur ses côtes. L'histoire de Marie était bien organisée et ne la mettait pas mal à l'aise, mais l'intuition de Byrne désapprouvait. La vérité n'était pas toujours nette ; ce n'était pas un scénario parfait délivré sans accroc. La propreté stérile, la chronologie précise et l'odeur persistante de désinfectant m'indiquaient que cette histoire était trop parfaite. Byrne choisit d'approfondir son enquête, à la fois en examinant les preuves, et en s'intéressant aux espaces entre elles et à ce que le visage calme de Mariene ne disait pas.

Il est facile de se fier aux apparences dans ce genre de situation. Mais, Byrne savait que lorsque les choses semblaient trop faciles, c'était généralement le signe qu'il fallait être plus attentif, écouter plus attentivement et se fier à son sentiment de malaise plutôt qu'à une histoire bien ficelée. La leçon à retenir : lorsque vous vérifiez des alibis, recherchez les éléments étranges qui semblent ne pas cadrer, comme une odeur inhabituelle, une fraction de seconde qui n'est pas considérée ou un calme qui ne semble pas se briser. Ces petits indices peuvent en dire plus long que le témoignage le plus clair qui soit.

12

L'HISTORIQUE DE RECHERCHE

(13 H 30)

Marie était assise seule dans son bureau faiblement éclairé ; la lueur de son ordinateur portable projetait sur elle une faible lumière bleue. Elle gardait les yeux fixés sur la barre de recherche, tremblant tandis qu'elle tapait des termes médicaux qui ressemblaient à une soupe alphabétique. Chaque touche enfoncée semblait plus lourde qu'auparavant, son cœur battant à tout rompre entre le doute et la justification. Le silence était pesant dans la pièce ; le seul bruit qui le rompait était le cliquetis doux des touches et le murmure de sa respiration. Elle savait ce qu'elle cherchait, mais le poids de ses propres actions lui nouait l'estomac de colère.

Elle cherchait à connaître les doses précises des médicaments et, plus particulièrement, à savoir combien de comprimés de Julien pouvaient être nocifs. Elle ne vérifiait pas par curiosité, mais plutôt par peur : peur qu'il ne s'échappe, peur qu'il lui arrive quelque chose sur lequel elle n'aurait aucun contrôle. Son cœur battait doucement dans sa poitrine tandis qu'elle passait en revue les détails ; des images commençaient à fleurir dans son esprit, lui indiquant combien de comprimés pourraient être mortels, mais pas trop pour ne pas révéler immédiatement ses intentions : l'empoisonner purement et simplement n'était pas sa principale préoccupation, il s'agissait plutôt d'en apprendre suffisamment par la pratique. Elle pourrait ainsi éviter toute catastrophe potentielle, qu'elle soit accidentelle ou délibérée.

Alors qu'elle réfléchissait à une réponse, ses doigts restaient suspendus au-dessus du clavier. Elle avait répété à satiété qu'il ne s'agissait que de recherches. Avant de pouvoir se contredire, elle se dit que cela l'aidait à imaginer le pire scénario possible afin d'éviter de telles catastrophes, tout en essayant de le réconforter. Elle se répétait cela de toutes les manières possibles afin de convaincre son subconscient qu'elle essayait seulement d'éviter une catastrophe et non de la provoquer. Mais, cette vérité était cachée sous la surface, elle n'était pas aussi simple qu'une simple inquiétude. Dans un recoin de son esprit, une voix lui disait qu'elle essayait de se préparer, juste au cas où.

Il était évident qu'elle devait changer et, à ce moment-là, elle ne voyait pas d'autre source d'information que son ordinateur portable. À cette époque, elle lisait attentivement des articles bien rédigés, suivait à la lettre les recommandations médicales et parcourait les forums où médecins et patients discutaient des posologies des médicaments. Les informations étaient précises, presque cliniques, et détaillaient les limites de sécurité et les seuils dangereux. Elle copiait-collait des extraits de ses sources dans son document privé et prenait soin de brouiller ses traces lorsqu'elle surfait sur le web. Ses yeux relisaient minutieusement tous ces détails, encore et encore, essayant d'absorber chaque combinaison de variables. Il lui vint à l'esprit que, éventuellement, il utiliserait ces connaissances non pas pour nuire, mais pour prévenir — ainsi, lorsque ces heures chaotiques et incertaines arriveraient, il n'y aurait au moins pas d'accident. Néanmoins, elle avait le sentiment que grâce à sa connaissance de ces détails, elle se sentirait plus confiante dans une situation aussi imprévisible que celle-ci, même si prendre le contrôle pouvait signifier franchir une frontière invisible.

Le monde qui l'entourait au bureau ignorait tout des recherches secrètes auxquelles elle consacrait une partie de son temps libre. Un dessin représentant une main était visible sur le mur, tandis que le bruit du printemps dans la ville s'échappait par la fenêtre fermée, rappelant de manière atténuée mais insistante que la vie continuait. Julien plaisantait souvent sur l'imprévisibilité de la vie et de la mort ; il balayait d'un haussement d'épaules les inquiétudes des personnes.

Poussée par ses propres craintes, elle posait des questions derrière des portes closes. Fixant l'écran, espérant que personne ne trouverait sa recherche étrange, elle se demandait si quelqu'un comprendrait qu'une femme vraiment préoccupée par la santé de son mari ne cherchait que des informations et la vérité pour le guérir. Une seule pensée occupait son esprit : elle avait peur, et cette peur la poussait à faire des choses qu'elle n'aurait jamais faites autrement. Son alcôve privée était à la fois un sanctuaire et une prison, renfermant le secret qu'elle priait de ne jamais voir dévoilé. Alors qu'elle fermait la fenêtre du navigateur, ses mains étaient encore légèrement moites. Elle se disait qu'elle devait garder le silence, dissimuler ses agissements derrière un visage impassible. Même si ses motivations semblaient raisonnables, ses craintes étaient profondément ancrées dans son esprit. Pour les autres, cette brève recherche semblait insignifiante, voire innocente, mais pour elle, c'était un dernier recours, un moyen de se protéger contre ce qui allait arriver demain. Demain, le monde entier allait à nouveau changer, et pour l'instant, elle devait garder ses secrets bien enfouis dans son cœur, afin que personne d'autre ne les connaisse, même dans les recoins sombres de son esprit effrayé et terrifié. Néanmoins, chaque fois qu'elle voyait le flacon de médicaments de Julien sur l'étagère, la connaissance de ce qu'elle avait recherché la hantait silencieusement, lourdement, dans ses pensées.

Sloane Porter concentra toute son attention sur le travail qui l'attendait, une journée bien remplie. Elle gardait également à l'esprit les divers problèmes liés à la carrière de Julien Vane et à la confiance que lui valait sa réputation. En peu de temps, elle avait méticuleusement organisé les plans qu'elle pourrait mettre en œuvre après sa mort. Cependant, rien ne la prévenait que la vérité se cachait juste sous la surface de la vie quotidienne.

Pendant qu'elle classait des papiers et répondait au téléphone, l'ordinateur de Julien construisait discrètement un autre édifice avec son historique de recherches. L'histoire qui en ressortait était très éloignée de la réalité, selon la personne qui l'examinait. Chaque clic de souris ou frappe au clavier révélait des secrets que Sloane ne pouvait pas voir. Elle feuilletait distraitement les brouillons du dernier manuscrit de Julien, et son esprit s'emballait à l'idée des implications financières de sa mort. Son agence survivrait-elle à cette perte, ou était-il temps de transformer cette tragédie en une histoire commercialisable ?

Malgré le poids du désespoir, la mort de Julien semblait être une opportunité. L'historique de recherche de son ordinateur laissait discrètement entrevoir une manipulation. Il détaillait les voyages que Sloane avait ignorés en tentant de présenter cette perte comme l'histoire fascinante d'un génie. Plus Sloane cherchait à protéger ses intérêts et l'héritage de Julien, plus elle s'enfonçait dans le déni. Les murmures de l'historique de recherche révélaient la planification minutieuse de Julien. De cet abîme numérique émergeaient des tonnes de documents comparatifs sur le jour de sa mort et la façon dont il avait cherché à contrôler son histoire, jusqu'à révéler des intentions qu'elle n'aurait jamais imaginées possibles. À son insu, ce langage codé de secrets indiquait quelque chose de très sombre, un signal qu'elle avait manqué au milieu de tout ce battage médiatique autour d'un récit sans faille. Les détails cachés du comportement en ligne de Julien pouvaient lever une partie du mystère qui entourait ses actions. Il semblait qu'il avait travaillé selon un calendrier, mettant méticuleusement en place un opéra qui piégerait sa famille.

Le manque de curiosité de Sloane lui fit complètement passer ces signaux inaperçus. Les révélations cachées dans l'historique de ses recherches, brutes et sans filtre, recelaient une mine d'informations sur une vie qui s'effondrait pendant qu'elle préparait sa version de la tragédie. Les plans de Julien, menaçants et complexes, restaient silencieux dans ces clics oubliés, révélant une vérité qui resterait à jamais gravée dans l'esprit des femmes qu'il contrôlait. Ses pensées ne s'étendaient qu'à ce qu'elle jugeait important, un héritage assombri par des erreurs personnelles et la ruine financière. Sloane ne voyait pas qu'elle se positionnait parmi les déchets accumulés par les décisions de Julien. Ses ambitions voilaient ses vérités, créant une dissonance qui marqua ses derniers instants. Si elle s'était arrêtée pour écouter et décoder le sentiment d'urgence caché dans ces recherches quotidiennes sur Internet – qui semblaient si simples et directes –, elle aurait peut-être pu concilier de nombreuses idées fausses sur Julien et sur elle-même.

Mila s'appuya sur le tissu usé et ses doigts absents. Elle était assise tout au bord du canapé et peinait à ne pas penser à ce qui l'attendait ce soir-là. Les contours de la nuit se dessinaient à travers le faible bourdonnement de la ville, s'infiltrant par la fenêtre entrouverte et se mêlant aux restes de pluie dans l'air vicié. Son téléphone, posé face cachée sur la table basse, émettait un léger bourdonnement, constituant son seul lien avec la vie. Pourtant, son esprit était en proie à l'agitation. Elle repassait sans cesse dans sa tête sa dispute avec Julien, le ton sec de sa voix et le poids soudain de son corps lorsqu'il était tombé. Elle se sentait également coupable, mais elle repoussait sauvagement ce sentiment derrière les couches successives de son entraînement et de son instinct de protection.

Ce soir, Mila s'était promis d'être calme et sereine, comme elle devait toujours l'être. En apparence, cette soirée se résumait pour Mila à deux choses : des amis proches, du vin et des rires pour masquer le nœud d'amertume qui lui nouait l'estomac. Comme elle n'avait pas consulté ses messages depuis des heures et n'avait vu aucune des informations, il était plus facile de ne pas le faire. Il était également plus facile de ne pas penser au manuscrit sombre qui se trouvait dans son sac, ce dernier secret qu'elle avait emporté avec elle. Même si l'historique de recherche de son téléphone était là, protégé par un mot de passe dont Mila elle-même se souvenait à peine, elle ignorait ce que quelqu'un d'autre pourrait trouver en le consultant.

Elle se concentrait simplement sur le bruit qu'elle pouvait contrôler, l'illusion de normalité qu'elle s'efforçait de maintenir. Ce jour-là, elle avait navigué sur Internet de manière décontractée, sans véritable intérêt. Elle avait parcouru des pages consacrées à l'art, ajouté à ses favoris des recettes qu'elle ne cuisinerait jamais et jeté un œil aux critiques d'un documentaire sur des écrivains disparus de la scène publique. Rien n'avait d'importance particulière ; rien ne laissait transparaître la tempête qui faisait rage en elle. Mais, aussi anodins que puissent paraître ses clics de souris et ses recherches, une sorte d'énergie agitée tourbillonnait en dessous. Mila ne se contentait pas de passer en revue les options et les regrets ; elle essayait également de remettre de l'ordre dans les souvenirs confus laissés par la peur et l'ombre. Dans ses pensées, les choses semblaient gérables, mais un chaos refoulé, encore inconnu même de son entourage, montait en elle.

L'inspectrice Byrne était assise devant son ordinateur, les yeux plissés, parcourant les activités en ligne de MarieToege. L'écran était rempli de requêtes de recherche qui semblaient tout à fait légitimes à première vue, mais un schéma s'est rapidement dessiné. Parmi les rapports médicaux habituels et les conseils de cuisine, une recherche a attiré son attention : « Quelle quantité d'un certain médicament est pratiquement certaine d'être mortelle ? »

Cette phrase était froidement délibérée. L'expérience de Byrne lui disait qu'il ne s'agissait pas d'une question posée à la légère. Elle laissait entendre que quelqu'un cherchait un moyen de prendre une vie sans que personne ne le sache, sans éveiller aucun soupçon. Cette recherche seule rendait l'idée de préméditation inévitable dans son esprit. Il ne s'agissait pas d'un plan imprudent, mais d'un plan délibéré, avec l'intention manifeste de tuer. Byrne savait qu'il s'agissait d'une piste très importante qui devait être vérifiée de manière approfondie.

L'exploration approfondie de l'historique de recherche a révélé des détails encore plus effrayants. Marie a étudié des doses spécifiques et leurs effets sur le cœur. Elle s'est documentée sur les symptômes de surdose et les contre-indications des médicaments, et a même exploré le point faible. Quelle quantité de médicament permettrait une mort rapide mais discrète, suffisamment silencieuse pour que personne ne s'aperçoive de ce qui se passe ? Dans ses recherches, elle a tapé des expressions telles que « surdose de médicaments pour le cœur », « dose létale à action rapide » et « symptômes d'empoisonnement cardiaque ». Ces recherches n'étaient pas arbitraires. Elles étaient réfléchies, précises et visaient à accumuler des informations sur les moyens et les motivations d'un meurtre silencieux. Elles suggéraient que quelqu'un était non seulement effrayé ou confus, mais envisageait et planifiait activement de mettre fin à la vie de Julien. L'instinct de Byrne lui disait que derrière le masque amical et calme de Marie se se cachait un motif plus sombre et secret.

Plus troublant encore était le fait que les recherches effectuées par Marie sur Internet coïncidaient avec les jours précédant la mort de Julien. Elle était extrêmement méticuleuse au sujet du dosage des médicaments de Julien, par exemple, lui dictant presque de manière obsessionnelle les doses à prendre et restant toujours à ses côtés lorsqu'il prenait ses comprimés.

L'historique de recherche de Marie en disait long à Byrne. D'une manière ou d'une autre, dans l'avenir, que ce soit intentionnel ou accidentel, Byrne ne voulait même pas le supposer, Marie donnerait très probablement ces pilules à Julien. Dans de telles circonstances, pourquoi une femme voudrait-elle avoir ce genre d'informations ? Keith n'arrivait pas à y croire ; il lui semblait (si tant est que quelque chose d'aussi difficile à cerner puisse avoir un sens à la lumière du jour) que Marie utilisait ces recherches sur Internet comme un entretien d'embauche pour se débarrasser de Julien. Pourtant, plus elle creusait, plus cela devenait évident :

Marie ne se souciait que de la santé de Julien, elle cherchait activement une échappatoire qu'elle considérait comme infaillible. Tout cela faisait d'elle la principale suspecte, et Byrne savait que sa prochaine découverte pourrait bien déterminer si cette suspicion était confirmée ou dissipée. Lorsque Byrne assembla les pièces du puzzle, chaque élément d'information prit tout son sens. L'historique de recherche était un guide qui menait directement à un plan à long terme.

Cette réflexion n'était pas le fruit d'un oubli banal ou d'une curiosité oiseuse ; c'était un acte préparatoire. Grâce à son sens aigu de la police, Byrne comprit que cette affaire ne concernait pas seulement l'unité qui avait le mobile le plus convaincant, mais également, plus fondamentalement, la compréhension des intentions qui se cachaient derrière des mouvements discrets. Elle réfléchit également au type de personne qu'était Marie : calme, rationnelle, avec un détachement apparent. Une telle personnalité était souvent capable de complots minutieux, sa malveillance cachée derrière une façade sereine. Byrne repensa à des cas antérieurs, où des personnes d'apparence normale cachaient des secrets incroyables, et elle se demanda s'il s'agissait d'un élément crucial de la vérité cachée qu'elle devait révéler en poursuivant son enquête le lendemain, ou si cela ne s'avérerait être qu'une diversion.

13

LA MENACE

(14 h)

Marie West se tenait debout devant le comptoir de sa cuisine, où le soleil matinal pénétrait par la fenêtre et dessinait des motifs sur le carrelage. L'odeur du café fraîchement moulu emplissait l'air, chaleureuse et invitante. Mais, elle ressentait une lourdeur dans la poitrine que l'arôme ne parvenait pas à dissiper. Comme cardiologue, elle était habituée aux réalités de la vie et de la mort, mais rien ne pouvait la préparer au chaos dans lequel elle était désormais empêtrée. Julien, son mari, avait toujours été une personne compliquée, mais son récent déclin lui avait fait perdre le respect qu'elle avait pour lui. Il rayonnait autrefois, mais aujourd'hui, il semblait terni, usé. Une partie d'elle voulait le soigner dans sa souffrance, tandis que l'autre bouillait de ressentiment et de honte face à sa faiblesse.

Sa journée ne commençait pas avec un mari attentionné, mais avec ce poids de l'incertitude. Se souciait-il de son état ? Le sentiment qu'il se négligeait la hantait. Elle remua son café sans remarquer la vapeur qui s'en dégageait. C'était le signe que leur relation se refroidissait.

Alors qu'elle parcourait son téléphone, les messages de ses amis lui demandant comment allait Julien lui semblaient presque moqueurs. Ils ne pouvaient pas comprendre le sentiment d'impuissance qu'elle ressentait. Pour eux, il était toujours un auteur de renom, un génie capable de traverser facilement n'importe quelle tempête, alors qu'il se perdait entre les murs de leur maison. Les récompenses qui ornaient autrefois leurs murs lui semblaient désormais être de lourdes chaînes autour de son cou.

Marie avait dû relever de nombreux défis lors de sa carrière, s'imposant dans un domaine dominé par les hommes. Mais, le chaos que Julien avait semé dans sa vie lui était inconnu. Debout parmi les revues médicales rutilantes et les livres regorgeant des dernières recherches, elle ressentait à quel point sa vie professionnelle était différente de sa vie personnelle. Elle posa ses doigts parfaitement manucurés sur le comptoir et tenta d'empêcher son estomac de se nouer. Chaque jour, son anxiété grandissait, et chacune de ses actions était assombrie par le doute : était-il vraiment malade, ou s'agissait-il simplement d'une manœuvre dramatique pour susciter la pitié ? Il avait obstinément refusé d'accepter son insistance sur le fait qu'il avait besoin d'aide. Plus elle insistait, plus il se repliait sur lui-même.

Le doute la rongeait. Pendant ses interminables heures épuisantes à l'hôpital, elle refoulait ses émotions, tandis qu'à la maison, elle essayait d'apaiser la tension grandissante. Était-elle anormalement calme face à des situations qui auraient dû la mettre en colère ? Elle était calme et sûre d'elle au travail, mais à la maison, elle oscillait entre rage et soumission, ce qui la rendait essoufflée. Elle ne voulait pas analyser son état psychologique. Ses nuits lui semblaient vides et calmes, mais elle ne pouvait s'empêcher de se demander si l'insouciance de Julien pouvait être considérée comme de la négligence ou de la trahison.

Un après-midi très sombre, alors qu'elle triait ses médicaments, elle trouva sa cachette secrète d'analgésiques, dissimulée dans une vieille boîte à chaussures. Un frisson familier parcourut son corps. Les lettres en gras sur les flacons criaient « je m'en fiche ». Elle sentit un frisson lui parcourir l'échine lorsqu'elle comprit : il les avait accumulés et pensait peut-être même à dire adieu volontairement. Les rangées soigneusement alignées de flacons vides étaient la preuve d'un choix qui, selon elle, allait changer trois vies à jamais. Elle sentit quelque chose de sombre bouillonner en elle, dans l'ombre de la boîte.

La frontière entre l'attention et le contrôle devenait floue. Dans un instant fugace, elle s'interrogea : était-ce de l'empathie ou le désir de contrôler son histoire ? Son cœur s'emballa lorsqu'elle pensa à quel point il lui serait facile de devenir vindicative. Chaque broutille qui la mettait en colère suscitait une rage qui venait de son sentiment de faiblesse. Elle navigua entre ces pensées, hantée par les craintes murmurées de Julien, les murmures d'inutilité qui résonnaient dans son esprit. Il restait cette bataille constante, où la compassion s'opposait aux éclats de trahison.

Dans cet état d'esprit, Marie commença à faire des projets. L'histoire qu'elle voulait raconter à propos de la mort de Julien devint limpide. Elle voulait raconter une histoire sur son combat et sa victoire, comme si elle pouvait enfin la récupérer. Que signifierait pour elle le fait que la façade se resserre autour d'elle ? Les souvenirs et la poésie de leur passé commun s'effaceraient-ils pour ne plus rien laisser ? Ou y avait-il autre chose qui jetterait une ombre sur son histoire professionnelle soigneusement construite, qu'elle voulait désespérément garder intacte ?

Le poids de son problème pesait lourdement sur elle alors qu'elle était assise, la tête entre les mains. Pouvait-elle tirer profit d'une histoire triste ? Serait-elle une héroïne dans sa tragédie ou simplement un bouc émissaire si les choses avaient pris une autre tournure ? D'autres avaient transformé la vie de Julien en histoire, et elle craignait ce qui lui arriverait s'il décidait d'y mettre fin lui-même. Est-ce qu'en restant suffisamment professionnelle,

elle pourrait éviter le cycle de l'attention publique ? Alors qu'elle luttait contre ses sentiments, une pensée s'imposa à elle : la vérité n'était pas claire. Elle devait trouver son chemin dans cette obscurité.

L'inspectrice Byrne se pencha en avant et plissa les yeux en fixant Sloane Porter. Son regard semblait pouvoir transpercer le marbre. L'atmosphère était tendue dans la pièce, et une odeur de vieux papier et de café flottait dans l'air. La voix de Byrne était calme, mais elle avait quelque chose de plus tranchant qui donnait l'impression qu'un mensonge suffirait à briser le fragile calme qui régnait encore.

« Étiez-vous au courant du chantage, Mme Porter ? » demanda-t-elle, observant attentivement le visage de Sloane à la recherche du moindre signe d'hésitation. Chaque clignement des yeux ou chaque mouvement pouvait être une faille dans son armure.

Sloane restait assise, immobile, les mains soigneusement posées sur la table métallique froide qui les séparait. Son visage était calme, peut-être trop calme, comme celui d'un acteur qui maîtrise son rôle mais veille à ne pas en faire trop. Le faible bourdonnement des néons au-dessus d'eux semblait faire écho à sa respiration régulière. Cependant, Byrne sentait quelque chose sous la surface : une méfiance qui n'atteignait pas tout à fait ses yeux. La question pesait lourdement sur Sloane, mais elle ne montrait aucun signe du trouble qui agitait probablement son esprit sous son apparence soignée.

Byrne remarqua la manière subtile dont les doigts de Sloane se crispèrent brièvement sous la table, puis se détendirent, trahissant silencieusement la tension qu'elle s'efforçait de dissimuler. C'était le genre de petit geste qui en disait plus long que les mots. Un secret tacite brûlait sous la surface. Le déni de Sloane était calme et posé, mais il rendait l'atmosphère étrange, comme si une ombre se cachait juste hors de vue. Pendant un instant, Byrne se demanda si la vérité était toujours destinée à jouer les seconds rôles par rapport à l'histoire vendue et si Sloane était la meilleure pour la vendre.

Les doigts de Mila tremblaient légèrement tandis qu'elle fixait son téléphone, les yeux passant rapidement de l'écran à la pièce sombre qui l'entourait. Le message qu'elle s'apprêtait à envoyer lui semblait lourd, presque physique dans sa main, comme si elle tenait un poids en plomb. Son esprit était envahi de pensées : trahison, regret, besoin désespéré que la vérité éclate au grand jour, et elle savait que chaque mot devait aller droit au but. Finalement, après avoir pris une profonde inspiration, elle tapa un message court et honnête. Les mots apparurent à l'écran, lourds des sentiments qu'elle ne pouvait plus retenir.

Mila annonçait le début d'un règlement de comptes ; elle ne pouvait pas revenir en arrière avec ce petit geste tremblant. Le message qu'elle envoyait était simple, mais il contenait tout ce qu'elle ne pouvait pas dire à voix haute. Elle l'a écrit, et je l'ai lu. Nous devons parler tout de suite, sinon je vais tout raconter à tout le monde. Pas de détails, pas d'explications, juste ces trois phrases, chargées de son exigence urgente d'honnêteté. Chaque seconde qui passait semblait une éternité, et son cœur battait fort dans ses oreilles. Le silence qui suivit était pire que n'importe quelle confrontation ; il planait, épais et tacite, promettant que quelque chose allait se briser. Mila savait ce qui était en jeu : si Julien ne répondait pas, elle devrait agir elle-même, mettant tout en jeu pour se débarrasser de ses doutes ou révéler ses secrets.

Pendant qu'elle attendait, ses orteils se crispaient sur le tapis et son estomac se nouait d'excitation. Les minutes lui semblaient des heures. Puis vint la première réponse, un bref message qui la fit frissonner. Julien répondit avec un calme qui semblait calculé : « Que veux-tu dire ? Nous n'y retournerons pas. » Son ton était froid et distant, comme s'il s'était entraîné à éviter la question. Le silence numérique s'installa à nouveau, chargé de non-dits. Mila sentit les murs se refermer sur elle. Elle réfléchit à toutes les raisons pour lesquelles il pouvait ne pas vouloir lui parler : cachait-il vraiment quelque chose, ou avait-elle eu tort d'oser le confronter ? Chaque nouveau message de Julien semblait moins être une demande d'honnêteté qu'un avertissement inquiétant.

Elle savait que Julien était passé maître dans l'art du contrôle, que derrière ses paroles raffinées se cachait un homme capable de manipuler chaque situation à son avantage. Mila, en revanche, était allée trop loin. Ce n'était pas seulement une invitation à discuter, c'était un défi. Même si sa voix était silencieuse à l'écran, elle était pleine de trahison et d'un besoin désespéré de trouver une solution. Elle était prête à rendre son histoire publique s'il ne se confiait pas. Elle était prête à affronter tout ce qui pourrait arriver ensuite. La question était de savoir si elle pouvait encore lui faire confiance. Le voulait-elle seulement ? Ou son choix d'envoyer ce message allait-il déjà la tuer ?

Elle fixait le curseur clignotant, attendant la réponse suivante. Elle savait que le présent était le moment où tout pouvait changer. Un simple message de Julien pouvait apporter clarté ou chaos ; dans tous les cas, Mila comprenait que le silence n'était plus une option. Ses doigts tremblaient au-dessus de l'écran, tout comme sa voix et son cœur dans cette pièce vide. Chaque seconde d'attente semblait aggraver ses craintes : que sa confession déclenche une tempête qu'elle ne pourrait pas gérer ou que Julien finisse par tout raconter et qu'elle ne soit pas prête. Mais, elle savait qu'elle ne pouvait pas faire marche arrière. Elle devait aller jusqu'au bout, car rester silencieuse maintenant ne ferait qu'aggraver les pensées sombres qui envahissaient son esprit.

Enfin, la réponse arriva. Les mots de Julien étaient peu nombreux mais lourds de sens, comme s'il choisissait soigneusement chaque lettre. Il écrivit : « Parle maintenant. »

Le fait que ce soit si simple la calma, mais cela lui fit également surgir de nouvelles questions dans l'esprit. Était-ce un accord de paix ou un piège ? Était-ce la fin du jeu, ou avait-il enfin pris sa menace au sérieux ? Mila prit une profonde inspiration et sentit le poids de son choix s'installer dans sa poitrine. Elle répondit lentement et prudemment : « Nous devons nous voir en personne. Pas d'écrans. Tout est une question de confiance. »

Sa voix ne se limitait pas à ses mots ; elle exprimait également son espoir, sa peur et sa méfiance. Désormais, tout dépendait de la suite des événements, de cet échange fragile qui déterminerait si la confiance pouvait être rétablie ou si la vérité était déjà perdue à jamais.

L'inspectrice Byrne regarda le dernier SMS envoyé par Julien Vane avec un froncement de sourcils. Les mots durs avaient un sentiment d'urgence discret qui suggérait que le mensonge cachait plus que ce qu'il semblait. En relisant le message, les coins de sa bouche se crispèrent. Son ton semblait presque désinvolte, mais les mots étaient clairement froids, comme si la peur était cousue dans la bravade. Ce qui ressemblait à un appel à l'aide était en réalité rempli de menaces cachées et de motivations qui n'étaient pas évidentes au premier abord.

Byrne ne pouvait s'empêcher de penser que ce message n'était pas seulement les derniers mots d'un auteur tourmenté. Il lui semblait plutôt être l'étincelle d'un quelque chose de bien plus sombre, un entrelacement de désespoir qui la poussait à creuser davantage. Chaque lettre semblait précieuse, et chaque signe de ponctuation pouvait être un indice. Julien semblait converser avec une personne qui exigeait à la fois de la prudence et qui était sous son contrôle. Elle réfléchit à la complexité de son message et à la multitude d'énigmes dissimulées dans les anciens manuscrits de cet homme.

Byrne commença à entrevoir des signes de chantage dans son esprit alors qu'elle isolait les phrases mystérieuses et examinait le contexte qui les entourait. Elle pensa aux personnes qui avaient été blessées par la cupidité et la jalousie avant elle, des personnes qu'elle avait rencontrées en enquêtant sur des motivations aussi différentes que les personnes qui les animaient. Byrne pouvait sentir le combat arriver à 15 heures, comme une horloge qui tic-tac dans son ventre.

Les rumeurs concernant des intentions cachées s'intensifiaient à chaque minute qui passait, et elle sentait l'excitation monter en elle. Elle ressentait la tension alors qu'elle assemblait les pièces du puzzle : quelqu'un contrôlait l'histoire, et Julien n'était qu'un pion dans ce jeu malsain. La menace d'un chantage planait sur ses découvertes comme un nuage d'orage prêt à éclater. Tout allait probablement se dévoiler lors de cette réunion, révélant les motivations et les vérités cachées qui s'étaient accumulées et étaient désormais irréversibles. La tension l'entourait et s'intensifiait à chaque seconde qui passait. Qui serait présent à la réunion de 15 heures ? Et quelles nouvelles informations allaient émerger des recoins sombres de son enquête ?

14

LA PRÉPARATION DE LA FÊTE

(14 h 30)

Marie sortit de l'hôpital et s'arrêta un instant dans la propreté impeccable de cet endroit, se sentant comme dans un cocon glissant. Les odeurs résiduelles d'antiseptique et d'hôpital sous son nez se mêlaient étrangement à l'air frais de fin d'après-midi qui lui caressait le visage. Le soleil se couchait maintenant ; les ombres semblaient plus lourdes et plus longues qu'elles ne l'auraient été si la vie avait eu un peu de chaleur. Elle serra son manteau autour d'elle, à la fois pour se réchauffer, et pour se protéger silencieusement de tout ce qui l'attendait à l'extérieur de ces murs. Le bruit de la circulation au loin et les murmures des patients et du personnel s'estompèrent, mais ses sens étaient très alertes, trop aiguisés pour supporter l'oppression de ces dernières heures passées à l'intérieur.

Pendant un moment, le trajet à travers la ville fut calme, mais elle fut ensuite submergée par de nombreuses pensées. Les rues étaient plus étroites que dans les souvenirs de Marie et remplies de conducteurs et de cyclistes impatients qui slalomaient entre les voitures. Chaque virage et chaque changement de feu tricolore rendaient le trajet semblable à une série de questions restées sans réponse depuis son expérience de la stérilité. Tout était parfaitement planifié pour la fête à venir : l'ordre des plats, le moment où les discours devaient avoir lieu et même la disposition des sièges. Pourtant, elle ne parvenait pas à se débarrasser d'un sentiment de lourdeur. Comme une prière sur ses lèvres : le nom de ce traiteur. D'une manière ou d'une autre, une cuisine bien préparée et parfaite aiderait à faire taire le chaos dans son esprit.

Elle se souvenait des invités qui la regardaient avec ces visages – des gens dont elle avait tenu les joues pendant de nombreuses années de moments heureux et tristes avec Julien. Ils ne voulaient qu'une occasion ; ils voulaient laisser derrière eux une image, une vérité finale si claire qu'une fois écrite avec art, personne ne pourrait la contester. Ce qui rendait la fête parfaite, ce n'était ni la nourriture ni le lieu. Il fallait aussi contrôler une histoire si fragile qu'un regard malveillant ou une rumeur chuchotée suffirait à la briser. Sans s'en apercevoir, Marie serra les mains sur le volant. Les fleurs, la musique et les vins qu'elle avait choisis faisaient tous partie de l'histoire qu'elle voulait raconter au monde. Bien que les registres officiels indiquent que Julien était mort de causes naturelles, la fête de ce soir avait en réalité pour but de masquer l'angoisse qui lui serrait le cœur. C'était le dernier mouvement fluide d'une pièce dont elle seule connaissait le scénario.

Elle arriva enfin devant la boutique du traiteur. Elle se trouvait entre un fleuriste et une librairie, dans une rue où le laiton poli reflétait des touches de verdure. Marie se gara, puis resta immobile un instant, le moteur ronronnant doucement, et elle se laissa expirer. À l'intérieur de la voiture, l'air était chargé de l'odeur des néons de l'hôpital et des gênes cachés depuis des années. Lorsqu'elle ouvrit la portière, le murmure des conversations et l'odeur riche de la viande rôtie aux herbes fraîches lui apportèrent un doux soulagement. Le traiteur lui sourit avec une discrétion exemplaire, comme on pouvait s'y attendre dans une occasion aussi sérieuse, même si personne ne lui avait encore rien dit. À ce moment-là, Marie pensa : le présent est un moment propice à la planification et à la précision. Elle entreprit de reprendre le contrôle d'elle-même, même si le monde extérieur semblait déterminé à réduire à néant tous ses efforts. Alors qu'ils passaient en revue le menu, l'esprit de Marie vagabondait. Le plat choisi devait être parfait, rien de trop fort ni de susceptible de perturber le délicat équilibre de paix qu'elle essayait de maintenir à présent.

Ce n'était pas seulement le goût qui comptait, mais également les souvenirs, la tradition et les mensonges qui resteraient gravés dans la mémoire des invités longtemps après que le dernier verre ait été levé. Les couleurs chaudes sont pour l'ambiance, et l'agneau rôti au romarin est pour la tradition. Puis une salade composée de légumes verts mélangés qui apportait une touche d'amertume rafraîchissante et une vinaigrette sucrée pour effacer toute saveur persistante dans la bouche. Et le dessert : il ressemblait à une œuvre d'art, mais avait le goût des souvenirs passés. Le traiteur a informé Marie de l'heure à laquelle le service commencerait, et elle pouvait presque entendre les mouvements du personnel, chorégraphiés sur un rythme invisible.

Le traiteur a assuré à Marie que chaque étape de la soirée se déroulerait sans accroc, servant de terrain fertile à des vérités impossibles à exprimer directement. Alors que nous nous éloignions des traiteurs, le soleil s'était encore plus couché, laissant la ville dans un crépuscule bleuté. Les rues semblaient plus calmes maintenant, mais la tension chez Marie ne s'était pas dissipée. Elle serrait les dents comme si elle retenait son souffle. La fête était censée marquer un tournant joyeux, une occasion de dissimuler les histoires et d'effacer les doutes sous une étiquette lisse de toutes les images. Pourtant, les ombres de l'hôpital, tant de secrets tacites et les fils fragiles de la mémoire étroitement tissés dans sa poitrine lui rappelaient que, quelle que soit la perfection de l'occasion, elle ne pouvait que brouiller la surface et simplifier les complexités qui se cachaient en dessous. Parfois, le silence, en tant qu'état d'esprit particulier entre les mots, signifie plus que les mots eux-mêmes.

Lorsque Sloane tendit la main vers son téléphone, celle-ci trembla légèrement. L'écran affichait un appel manqué. Chaque fois qu'elle appelait Julien, son cœur battait plus fort et ses doigts appuyaient de plus en plus fort sur les touches. Les seuls bruits dans l'appartement étaient le léger ronronnement du réfrigérateur et le bruit de la circulation à l'extérieur. Son esprit passait en revue les différentes possibilités : avait-il vu le message ou l'ignorait-il à nouveau ? Elle pouvait presque entendre le bruit de l'anticipation, si fort dans ses oreilles qu'il ressemblait au tic-tac d'une horloge qui s'accélérait à chaque sonnerie.

Un étrange écho résonnait dans sa tête, et chaque appel resté sans réponse résonnait comme un tambour creux, lui envoyant un message qu'elle refusait d'accepter. Julien était généralement ponctuel ou, au moins, il rappelait les gens. Ce silence lui semblait désormais anormal ; il était épais et pesant, et lui serrait la poitrine alors que son espoir se transformait en inquiétude. Elle remit le téléphone à son oreille et eut le souffle coupé. La ligne était coupée et il y avait des grésillements. Puis elle tomba sur la messagerie vocale, vide et monotone. Le message vocal qui aurait dû la rassurer ou au moins lui fournir des explications n'était qu'une série de bips. C'était une impasse qui ne fit qu'aggraver son mal-être.

Elle se sentit mal lorsque les barrières mentales qu'elle essayait d'ériger s'effondrèrent, laissant monter une panique qu'elle ne pouvait contrôler. Et si quelque chose était arrivé ? Il avait peut-être été blessé, voire pire. Son esprit lui renvoyait des images vives et troublantes : Julien inconscient, ensanglanté ou coincé quelque part où elle ne pouvait pas l'atteindre. Dans son esprit, le couloir stérile s'étendait à l'infini, et chaque pensée était plus frénétique que la précédente. Chaque seconde qui passait semblait plus lourde, comme si le temps avait ralenti juste pour la rendre encore plus malheureuse. Le téléphone restait silencieux, et l'absence de sa voix était plus assourdissante que n'importe quel mot.

Sloane essayait de rester calme, même si elle était de plus en plus paniquée. Elle se sentait impuissante. Elle serrait l'appareil si fort que ses jointures blanchissaient. Son esprit passait en revue toutes les possibilités : si Julien ne répondait pas, c'était peut-être qu'il l'ignorait délibérément, voire qu'il l'évitait complètement. Une voix sévère dans sa tête lui disait de rester calme, mais la peur la couvrait rapidement. Le goût métallique de l'anxiété persistait sur sa langue, lui rappelant amèrement qu'elle perdait le contrôle.

Le silence, qui avait été une inquiétude de fond, lui semblait désormais être un piège qui se refermait sur elle, se resserrant à chaque sonnerie sans réponse. À ce moment-là, toutes les images et tous les doutes se sont réunis pour former une vérité accablante : quelque chose n'allait vraiment pas. Les murs de son monde contrôlé semblaient se refermer sur elle, et le téléphone dans sa main lui semblait soudain trop lourd à tenir. Son esprit, autrefois limpide et vif, était désormais en proie au chaos, remettant en question chaque infime détail de sa relation avec Julien. Avait-il planifié tout cela ? Se cachait-il, blessé, ou avait-il simplement décidé de la rayer de sa vie, ainsi que tous les autres ? Alors qu'elle fixait l'écran éteint, attendant un signe qui ne viendrait pas, l'incertitude menaçait de l'engloutir tout entière. Son cœur battait à tout rompre dans sa poitrine, chaque battement faisant écho à la douleur creuse qui l'habitait.

Alors que Mila roulait sur les routes sinueuses, son esprit allait plus vite que la voiture. Elle serra le volant plus fort. L'odeur de l'essence et le parfum sucré des prairies emplissaient l'air. Cela contrastait étrangement avec la tempête qui faisait rage en elle. Au fur et à mesure qu'elle roulait, son anxiété grandissait à chaque kilomètre. Elle avait répété les mots dans sa tête encore et encore, laissant la formulation façonner son intention et noyer la culpabilité qui lui rongeait la poitrine. Elle parlait doucement, comme si le son de sa voix pouvait la rendre plus déterminée.

« Je ne voulais pas le faire, c'est juste arrivé. »

Sa voix tremblait sous le poids de son secret, même si elle était dans sa voiture. La brise fraîche qui entrait par la fenêtre légèrement entrouverte ne suffisait pas à apaiser la chaleur qui montait dans son estomac. Elle imagina le moment où elle entrerait dans la maison de Julien, où la lumière du soleil se répandait comme de la peinture dorée sur les planchers en bois. Que dirait-elle à Marie, sa femme ? Marie serait-elle capable d'entendre le tremblement dans sa voix ? La regarderait-elle dans les yeux et verrait-elle la vérité transparaître ? Mila imagina leur dispute, un échange hésitant d'accusations et de défenses, ponctué de silences interminables remplis de non-dits.

À chaque inspiration, sa peur grandissait, mais à chaque expiration, elle semblait combattre ces peurs pendant un court instant. Elle se préparait pour une représentation, mais les enjeux étaient plus importants que les mots ne pouvaient le dire. Lorsqu'elle arriva chez Julien, les ombres bougeaient autour d'elle, tout comme ses pensées. Elle pouvait déjà imaginer la scène : les visages rassemblés, le poids de sa culpabilité qui flottait dans l'air, devenant palpable. À ce moment-là, tout ce qu'elle voulait, c'était se libérer du stress qui s'était accumulé autour d'elle, mais elle allait devoir faire plus attention à ses paroles qu'elle ne l'avait prévu. Elle pouvait parler et déformer la vérité juste assez pour rester hors des projecteurs, ce qui pourrait changer son destin et peut-être même celui des autres. À ce moment-là, chaque respiration serait cruciale.

L'inspectrice Byrne se cala dans son fauteuil. Le doux bourdonnement de la lampe au-dessus de son bureau donnait un aspect pâle aux photos et aux notes de la scène de crime qui jonchaient son bureau. La pièce sentait légèrement le vieux café et le papier, une odeur si courante qu'elle semblait faire partie du bruit de fond dans les enquêtes de ce genre. Elle passa son doigt sur le bord d'un morceau de tissu déchiré qui était collé au dossier. Elle pensait qu'il s'agissait de la veste de Marie, et les fils étaient un peu effilochés, ce genre de détail facile à manquer, mais pas pour Byrne. Il était évident que tout ici avait été assemblé dans un but précis ; c'était trop précis et planifié pour être le fruit du hasard. Le salon était désormais vide, ce qui était étrange car il n'y avait aucun signe de Marie à l'intérieur. Le silence était épais et pesant, comme si la maison elle-même attendait l'arrivée du prochain élément.

Byrne plissa les yeux en regardant les empreintes de pas à peine visibles près de la porte arrière. Elles correspondaient clairement à la silhouette de Mila dans la poussière et sur le parquet. Elle comprit le timing. Marie venait de partir, probablement pour faire une course ou aller chez le médecin, le genre de chose qui pouvait l'éloigner de cette vie familiale fragile. Mila, en revanche, courait vers la maison, ses nerfs rendant chacun de ses mouvements douloureux. Byrne pensa à la façon dont les pas de Mila ralentiraient une fois qu'elle aurait franchi le seuil, alourdis par le lourd secret qu'elle portait et la culpabilité qu'elle ressentait pour ce qu'elle avait fait. Les différences entre l'épouse et la maîtresse ressemblaient à un fil tendu prêt à se rompre.

La femme était calme et posée, tandis que l'amant était en proie à un désir brut. De là où elle se trouvait, Byrne pouvait percevoir les subtils signes qui faisaient la différence entre l'absence et l'excitation. L'horloge de la cuisine continuait de tic-tac, et chaque seconde résonnait plus fort dans la pièce silencieuse. Les coins dégageaient une légère odeur d'antiseptique, mêlée à celle, plus pénétrante, du whisky renversé sur le sol – la dernière gâterie de Julien. L'esprit de Byrne comblait les lacunes, depuis le départ ordonné de Marie jusqu'au retour instable et imprudent de Mila. La maison n'était plus seulement un endroit où un homme était décédé. C'était le théâtre d'une lutte à venir, et chaque acteur se rapprochait sans le savoir du moment de la révélation. Byrne pouvait sentir la tension dans l'air alors que les pièces se rapprochaient, promettant à la fois une découverte et un affrontement entre la vérité, les mensonges et la survie désespérée.

Byrne voyait clairement le schéma se dessiner : Marie s'était éclipsée sans un bruit, ne laissant derrière elle que des traces sur la verrerie et le cuir usé. Mila était la tempête qui s'annonçait, et il n'y avait aucun moyen de l'arrêter. Byrne pensait que la tension monterait brusquement lorsque l'amante entrerait, chargée à la fois de culpabilité et de défiance. Les doigts de Byrne planaient au-dessus des notes tandis qu'elle imaginait les histoires que chaque femme pourrait raconter si elles devaient expliquer où elles avaient été et ce qu'elles savaient. Tout suivait un rythme lucide, comme le battement régulier d'une histoire réécrite en temps réel, pleine de doutes et de regards secrets.

Le regard de Byrne se porta vers la fenêtre, où la lumière extérieure commençait à décliner, créant de longues ombres qui envahissaient la pièce. Chaque mouvement de l'ombre rendait les détails plus nets : une chaise renversée, un verre portant une légère trace de rouge à lèvres, un comptoir nettoyé à la hâte. Byrne ne voyait qu'une mosaïque composée de tous ces petits signes superposés. Elle savait à quel point le timing, le mouvement et l'immobilité étaient importants.

La femme était dehors, calme et détachée, gardant ses distances avec le chaos. L'amante était en route, nerveuse et instable, portant avec elle plus que sa propre personne entre les murs de cette maison étrange et silencieuse. Byrne pouvait presque entendre les prières silencieuses ou les excuses précipitées que chacune ferait, ainsi que les vérités cachées qui pourraient éclater au moindre signe de fissure. Byrne pensait que c'était le moment — le calme avant la bagarre inévitable — où la véritable histoire commençait à se dévoiler. Les pièces vides résonnaient de secrets. Et l'esprit de Byrne s'emballait à la recherche des indices qu'elle ne voyait pas encore mais qu'elle pensait être là : qui était parti le premier, qui était revenu le dernier, et ce que chaque personne voulait cacher ou montrer. Chaque infime détail avait son importance. La moquette usée présentait des endroits effilochés, l'air sentait légèrement la lavande malgré la tension palpable, et la seule cigarette dans le cendrier brûlait encore. Byrne savait que lorsque Mila arriverait, l'atmosphère serait tendue, instable et propice aux aveux ou aux accusations. Avant que la tempête n'éclate, Byrne a aiguisé sa concentration. Elle savait que la vérité ressemblait davantage à une ombre mouvante qu'à un point fixe, et elle devait la saisir avant qu'elle ne s'échappe à nouveau.

15

LA CONFRONTATION

(15 H)

Julien Vane avait l'impression que le silence enveloppait son bureau. La pièce était baignée de la lumière blafarde de la fin d'après-midi qui se frayait un chemin à travers les lourds rideaux noirs, projetant de longues ombres sur le bureau encombré et les étagères jonchées de livres usés et de manuscrits jaunis. Le silence était assourdissant, seulement rompu par le bourdonnement lointain des rues derrière la fenêtre fermée. La pièce était mortellement silencieuse et immobile, aucun signe de vie ou de mouvement ne venait briser le silence qui lui conférait une froideur inquiétante, comme si les murs eux-mêmes retenaient leur souffle. Le calme régnant à l'extérieur de la porte de Julien accentuait la tension, suggérant une présence invisible tapie juste derrière le bois.

Les voix étouffées des enquêteurs flottaient à travers la porte épaisse, leur son assourdi mais insistant, dense comme un puzzle en cours. L'odeur du vieux papier, mêlée à celle du café froid depuis longtemps, flottait dans la pièce. C'était l'odeur d'années d'écriture nocturne, de moments clés frappés par l'inspiration, combinés à l'épuisement qui suivait. De temps à autre, le cliquetis étouffé des chaussures sur le bois et le bruissement léger des papiers rappelaient que la vie continuait de l'autre côté de la porte. Mais, personne n'entrait, et le silence devenait de plus en plus oppressant à l'intérieur, se posant contre les murs de la pièce comme quelque chose de non dit qui réclamait d'être entendu.

Derrière la porte se cachaient une multitude de questions qui pesaient sur les enquêteurs alors qu'ils passaient au crible chaque détail dans le but de reconstituer la chaîne des événements. Le volume de leurs voix, entre de brefs moments de silence tendu, trahissait également à quel point ils ne comprenaient pas que la scène elle-même pouvait n'être qu'une vaste illusion. Chaque objet dans la pièce — qu'il s'agisse des papiers froissés éparpillés sur le lit, du verre d'eau à moitié vide ou des stylos soigneusement rangés — offrait des indices et des contradictions. L'atmosphère était lourde d'attente, mais Marie et Julien n'y avaient en rien contribué. Chaque instant qui passait lui faisait prendre conscience que quelque chose d'essentiel lui échappait, quelque chose qui pourrait tout changer une fois révélé au grand jour.

La scène à l'extérieur du bureau n'était pas moins calme. Les murmures des agents résonnaient en arrière-plan tandis que la maison était en proie à une agitation silencieuse. L'odeur vague de larmes fraîches, mêlée à celle du pain brûlé du petit-déjeuner pris plusieurs heures auparavant, flottait encore dans l'air, manifestation physique de la pression émotionnelle qui pesait sur eux tous. La maison était calme, mais le stress flottait dans l'air comme une aiguille qui ne voulait pas descendre. Chaque membre présent avait ses propres inquiétudes, craignant que la vérité, si dure et si difficile à affronter, ne soit jamais entièrement révélée. Le silence dans la pièce semblait dissimuler des secrets tout en piégeant les conflits internes de chacun, prêts à être révélés.

C'est pourquoi l'absence de Marie était si frappante. Ce n'était pas seulement la distance physique, c'était l'énorme vide qu'elle avait laissé derrière elle. Sa chaise était là, ses affaires aussi, comme si elle s'était simplement éclipsée dans le tumulte. Personne ne savait où elle était, personne ne comprenait où elle était partie ni ce qu'elle pensait. Elle aurait dû être la femme de Julien, mais elle semblait désormais n'être qu'un fantôme planant de l'autre côté du silence et de l'invisibilité, qui remplissait néanmoins les espaces vides causés par son absence. Ce vide en disait long sur son état d'esprit : un mélange de culpabilité, de honte et de quelque chose de plus profond qu'elle ne pouvait ou ne voulait pas encore affronter.

On aurait dit que la maison, malgré son calme forcé, retenait son souffle en son absence. Sa sérénité contrastait avec la frénésie de l'enquête. Ils savaient tous qu'elle était proche de Julien ; il était ardu de prétendre ne pas voir qu'elle était désormais froide. Elle avait toujours fait partie de la vie de Julien, une source stable, du moins en apparence. Mais aujourd'hui, sa disparition révélait des secrets qu'elle aurait préféré garder cachés. C'était plus que la pure absence de sa chair et de son sang, un rappel pris au piège dans le manque d'espace lorsqu'ils se réunissaient tous. Quoi qu'elle ait caché, quels que soient les murmures que son silence révélait, la vérité finirait par être dévoilée. Mais pas aujourd'hui. La maison gardait encore trop fermement ses secrets pour révéler le mystère.

La voix de Julien est faible et tremblante, mais elle a encore beaucoup de poids après des décennies passées à raconter des histoires. La voix faible de l'orateur ressemble à un murmure fantomatique, reflétant la tension qui nous avait tous noué la gorge quelques instants avant que tout ne change. On dirait qu'il a choisi ces syllabes avec soin, car il savait qu'elles étaient les dernières traces de son âme. Il parle d'amour, de trahison et de la soif insatiable d'héritage, mais ses confessions cachent un motif plus sinistre.

L'auditeur peut imaginer très clairement la scène de leur dernière dispute, et la tension est aussi dense que la vapeur sur une fenêtre. Il n'est pas difficile d'imaginer Sloane essayant de rationaliser ce dont ils ont discuté alors que son estomac se noue d'inquiétude. Elle savait qu'il était trop intelligent, trop habile pour obtenir ce qu'il voulait. Maintenant, alors qu'il enregistre ses derniers mots, ce même sentiment de malaise revient. Cela fait partie de sa méthode énigmatique et effrayante : la façon dont il raconte des histoires étranges pour révéler une vérité. Sloane comprend que son décès ne sera pas simplement un adieu, mais un événement chaotique orchestré, qui fera de sa mort une œuvre d'art.

Dans son bureau plongé dans l'obscurité, Marie est figée sur place, partagée entre la peur et la fascination, tandis qu'elle fixe l'enregistreur. Chaque fois que le voyant d'enregistrement clignote, c'est comme un battement de cœur, avec tout le poids des choses qui pourraient être découvertes. Elle sait qu'appuyer sur « play » pourrait détruire tout ce qu'elle a construit : sa vie, son mariage et peut-être même la réputation personnelle qu'elle s'est forgée. Mais l'idée de ne pas en tenir compte la ronge et alimente ses craintes et ses doutes.

Le silence est électrique, chargé de son anxiété du moment alors qu'elle lutte pour déterminer ce qu'elle doit faire. Elle pense à la détérioration de la santé de Julien, mais ce qui la trouble le plus, ce sont les querelles insignifiantes et l'amertume qui s'étaient installées entre eux. La culpabilité grandit à chaque seconde qui passe. Doit-elle écouter ses dernières paroles et peut-être apprendre des choses auxquelles elle devra faire face ? Ou doit-elle dissimuler les preuves et ne pas se soucier des conséquences ? Le combat qui se déroule dans son esprit montre qu'elle l'aime, mais qu'elle doit aussi veiller à son propre intérêt. La situation illustre la difficulté qu'elle rencontre à essayer d'être exemplaire dans un monde où l'amour et la manipulation s'affrontent souvent.

Mila arriva chez Julien juste au moment où la pluie cessait. Il y avait encore des feuilles mouillées et une odeur pénétrante de terre humide dans la rue. Ses mains tremblaient sur le volant et son cœur battait à toute vitesse, mêlant peur et besoin. La vieille maison en briques semblait disparaître dans la lumière sombre du ciel oppressant au-dessus d'elle. Elle sortit, et le bruit de ses pas sur le trottoir cassé était trop fort pour cette nuit calme. L'air était lourd, non seulement à cause de l'humidité, mais aussi parce qu'ils ne s'étaient pas dit tout ce qu'ils voulaient se dire. Les souvenirs de leur dernière dispute lui faisaient encore mal au cœur, comme des coups de couteau.

L'air froid qui pénétrait par les murs se mêlait à une légère odeur de fumée et d'eau de Cologne vieillie lorsque Mila entra. Le couloir était peu éclairé et ses coins sombres lui donnaient un aspect étrange et interminable. Elle regarda le vieux papier peint et les empreintes qui jonchaient le sol. Les empreintes sur le sol étaient de minuscules rappels de la vie qu'ils avaient eue ensemble avant que tout ne s'effondre. Elle ressentait un mélange de colère, de culpabilité et de peur à chaque seconde qui passait dans son esprit. Il y avait plus qu'une banale dispute qui l'attendait de l'autre côté de la porte. C'était la fin de quelque chose qui s'effondrait depuis longtemps.

Julien était déjà dans le salon lorsqu'elle arriva. Il se tenait près de la fenêtre, lui tournant le dos. Les réverbères à l'extérieur plongeaient un côté de son visage dans l'ombre. Il ne dit rien et ne se retourna pas immédiatement. Puis sa voix retentit, calme mais tranchante, et il prononça des mots qui la blessèrent plus que n'importe quelle dispute. Il lui dit qu'il ne quitterait jamais Marie, ni maintenant ni à l'avenir. Ces mots étaient comme de la glace. Sa façon de parler rendait la pièce plus confinée et l'air plus épais, comme si les murs se refermaient sur elle. Son rire était calme et vide, et ne touchait pas ses yeux. Il ressemblait davantage à de la douleur mêlée de colère. Ce rire, qui était une façon amère de cacher sa douleur, transforma la colère de Mila en quelque chose de féroce et de désespéré.

Sa colère ressemblait à créature vivante qui la tirait vers lui. Les mots sortaient rapidement et brusquement – peur, colère et accusations – jusqu'à ce qu'elle le pousse. Ce mouvement sembla prendre les deux de court. Julien tomba en arrière et se rattrapa au bord du canapé. Tout s'arrêta un instant, puis sa tête heurta l'accoudoir en bois dans un craquement écœurant. Elle préférait ne pas l'admettre, mais le son était plus fort dans ses oreilles qu'elle ne l'aurait souhaité. Julien était affalé là, clignant des yeux. Il semblait soit choqué, soit confus. La dispute avait pris une tournure sombre et réelle, et tout à coup, la pièce ne semblait plus être un endroit approprié pour se disputer. Elle recula, sa poitrine vibrant d'une énergie incontrôlable et la panique montant comme une vague à laquelle elle n'était pas préparée.

La main de Julien tremblait lorsqu'il tendit le bras vers la table d'appoint à la recherche d'un petit flacon de pilules. Il saisit le verre entre ses doigts, qui tremblaient comme si le moindre mouvement pouvait le briser complètement. Puis, alors qu'elle était sur le point de pleurer et que son souffle se coupait, il dit d'une voix aiguë et calme : « Va-t'en. » Cet ordre ressemblait davantage à une blessure ; il brisa le silence pesant et lui fit comprendre qu'il n'y avait pas de retour en arrière possible, quelle que soit la tournure qu'avait prise cette nuit. L'esprit de Mila tournait à toute vitesse et elle sentait la peur dans sa bouche. Elle recula d'un pas et ne dit rien d'autre. La porte se referma derrière elle dans un clic et elle courut dans la nuit froide, laissant l'obscurité derrière elle.

L'inspectrice Byrne était penchée sur son bureau encombré, attendant avec une attention soutenue que les images granuleuses s'affichent sur son ordinateur portable. La caméra de surveillance du voisin avait enregistré un court intervalle qui semblait anodin à première vue, mais Byrne savait qu'il n'en était rien. La petite horloge dans le coin de l'écran était juste au-dessus de la minuscule silhouette de Mila, une ombre floue qui se déplaçait si vite qu'on pouvait à peine la voir apparaître sur notre porche à 14 h 58 exactement. Elle semblait pressée, presque anxieuse, les épaules voûtées comme si elle ne souhaitait rien de plus que de se cacher dans la maison de Julien. Byrne n'a pas quitté l'écran des yeux alors qu'une ombre sombre, Mila, passait à toute vitesse et disparaissait en moins d'un clin d'œil, à 15 h 17. Ces minutes, ces secondes en réalité, étaient lourdes d'une tension inexprimée. Il ne s'agissait pas seulement du timing de Mila, mais également de ce que ces dix-huit minutes cachaient sous le regard ordinaire de l'objectif de la caméra.

En regardant Byrne rembobiner la vidéo, elle ne pouvait s'empêcher d'imaginer ce qui avait conduit à l'un de ces moments hors champ. La caméra n'avait enregistré que l'arrivée et le départ de Mila avant son retour à Canberra, et Byrne savait que moins de vingt minutes pouvaient receler toutes sortes de secrets. Mila était-elle venue ici intentionnellement, ou avait-elle fui une force inconnue ? Qu'avait-elle vu ou entendu qui justifiait une telle précipitation ? Chaque regard méfiant, chaque pas hésitant était l'image d'une personne qui tentait de se cacher et de dissimuler des secrets susceptibles de détruire son innocence — ou de révéler sa culpabilité. L'esprit de Byrne emmagasinait des graines de suspicion : la façon dont Mila tripotait ses mains, serrait son sac et commençait à respirer plus fort alors qu'elle se préparait à partir. Toutes ces informations laissaient entendre que l'arrivée et le départ de Mila n'étaient pas des actes isolés et aléatoires, mais qu'ils faisaient partie d'un puzzle plus vaste et plus complexe qui restait à dévoiler.

La scène passe de la cassette à Byrne, qui prête désormais une attention particulière aux horodatages, son intuition s'intensifiant à mesure qu'elle regarde chaque clip. Elle s'arrête au moment précis où Mila apparaît, remarquant qu'elle se déplace un peu plus lentement, ce qui peut signifier qu'elle a peur ou qu'elle est incertaine. Le tic-tac de l'horloge créait un sentiment que le temps était précieux, chaque minute qui s'écoulait faisant disparaître des chances ou des preuves. Les yeux de Byrne suivaient les secondes dans son esprit alors qu'elle s'apprêtait à reconstituer la chronologie comme un puzzle. Le silence dans la pièce était lourd de ce qui allait se passer. À présent, ce terrain et ces déchets apparemment si banals semblaient soudainement être des pièces cruciales d'un puzzle qu'elle seule avait pu entrevoir. C'était évident : les pas rapides et calculés de Mila avaient croisé, pendant un laps de temps, une occasion qui pourrait bien mener à ce qui s'était réellement passé pendant ces minutes cruciales après la mort de Julien.

Byrne savait que ces flashs médiatiques masquaient souvent des vérités plus profondes. Elle savait que l'aversion de Mila pour les autres pouvait être interprétée comme de la nervosité due à la peur ou à la culpabilité. Mila était-elle prise au piège dans une toile qu'elle avait elle-même tissée ? Peut-être avait-elle pris peur et était-elle partie parce qu'il voulait très bien interpréter ce que ses actions pouvaient suggérer ; qui sait ? Ces dix-huit minutes avaient une signification, comme un pouls chuchotant des secrets dans le silence. L'expérience de Byrne lui avait appris que ce court laps de temps était un point déclencheur, une partie de la danse moderne où quelque chose peut être soit la clé qui dévoile tout, soit approfondir le mystère. Le moindre détail, aussi insignifiant soit-il, indiquait un récit invisible. La tâche consistait à traduire les allées et venues de Mila et à découvrir ce qui s'était passé en un clin d'œil. Quelque part là-dedans, Byrne en était certaine, se trouvait la vérité qui changerait tout ce qu'elle pensait savoir sur la nuit où Julien était mort. Cette idée l'excitait, alors qu'elle examinait d'autres séquences dans l'espoir d'extraire les secrets cachés dans ces secondes cruciales.

Convaincue qu'elle tenait là quelque chose d'important, Byrne décida d'analyser les images image par image. Elle nota l'intensité de l'obscurité, les ombres changeantes indiquant l'heure de la journée et la position de Mila par rapport à son trajet. De minces détails, comme le rapide coup d'œil par-dessus son épaule ou le léger effleurement de son sac, étaient révélateurs. Comme elle l'avait pensé, le départ soudain de Mila n'était pas une coïncidence ; quelque chose avait dû la inciter à partir si précipitamment. Byrne avait exploré les deux scénarios : tout, depuis la question de savoir si Mila s'était enfuie de son propre chef jusqu'à « A-t-elle été forcée ou poussée ? ». Le tremblement timide de l'homme dans chacun de ses mouvements trahissait sa culpabilité ou sa terreur. L'instinct de Byrne lui disait que l'endroit où Mila était partie était une pièce cruciale du puzzle : peut-être détenait-il la clé de ce qui s'était passé lors des dernières heures de Julien. Mais, la caméra ne pouvait pas tout lui révéler. Elle devait chercher plus loin pour comprendre pourquoi Mila était arrivée exactement à 14 h 58 et s'était enfuie précisément à 15 h 17. Elle devait aussi chercher ce qu'elle avait laissé derrière elle pendant ces quelques minutes qui l'aideraient à changer le cours de son enquête pour toujours.

16

LE FOSSÉ

(15 H 17 - 16 H 25)

Le bureau du traiteur était mal éclairé et sentait fortement les herbes fraîches et les épices qui s'y trouvaient depuis longtemps. Elle sentit le poids des dernières heures peser sur sa poitrine alors qu'elle s'approchait du comptoir, qui était couvert de factures, de reçus et de tasses de café à moitié vides. Chaque morceau de papier qu'elle regardait lui rappelait l'alibi bien ficelé qu'elle essayait de monter dans les minutes qui avaient précédé la mort de Julien. Elle passa ses doigts sur les bords des reçus, et chacun d'entre eux lui rappela un souvenir : les rires lors de la fête, le tintement des verres et le magnétisme de Julien qui attirait les gens vers lui comme des papillons vers une flamme.

Elle nota les heures et autres détails lorsqu'elle trouva les documents appropriés. Cela l'aida à se souvenir depuis combien de temps elle était à l'événement, quand elle était partie et où elle était allée après cela. Marie en avait besoin à la fois pour l'enquête, et pour se sentir mieux. Le traiteur la regarda d'un air soupçonneux, mais il ne dit rien. Elle ne pouvait pas lui en vouloir ; la nuit avait été interminable. Son cœur s'emballa lorsqu'elle repensa au chaos qui s'était déroulé derrière la façade sociale impeccable. Pour tous, elle n'était qu'une médecin, une épouse et une femme qui avait perdu son mari dans des circonstances terribles. Mais, sous ce masque, se cachait une femme qui tentait de retrouver son histoire et de construire une narration honnête à partir des mensonges laissés par Julien.

Le trajet du retour lui semblait interminable, tandis que tout à l'extérieur se transformait en un tourbillon de couleurs et de formes. Les pensées de Marie furent soudainement interrompues par la vue de la voiture de Mila qui s'éloignait à toute vitesse du domaine de Julien, ses pneus crissant sur l'asphalte. En l'espace d'un instant, elle ressentit un étrange mélange de sentiments. Elle avait mal au ventre parce qu'elle était en colère, confuse et un peu effrayée. Qu'est-ce qui incitait Mila à partir si précipitamment ? Savait-elle quelque chose ? Marie essaya de ne plus y penser, mais les nuages sombres qui s'accumulaient dans son cœur ne voulaient pas disparaître.

Tout semblait différent lorsque je suis rentrée chez moi à 16 h 30. Elle a pensé à la tempête qui s'annonçait lorsqu'elle a vu des ombres se cacher dans les coins des pièces bien éclairées. Elle a essayé de rassembler les pièces du puzzle de ce qui lui était arrivé récemment : le bureau du traiteur, le dernier souffle de Julien et maintenant la fuite désespérée de Mila. Tout commençait à se mélanger dans un enchevêtrement confus de mensonges et de souvenirs qui ne collaient pas tout à fait. Marie avait découvert le désordre qui régnait dans la vie de Julien et les secrets qu'elle recelait en essayant de se rendre utile. Elle se prépara à la tempête qui s'annonçait et comprit que l'alibi qui, selon elle, la protégerait, était peut-être ce qui la maintenait attachée à la vérité qui allait éclater.

Il peut être utile de conserver une trace complète de l'endroit où vous vous trouvez et de ce que vous dites lorsque les choses tournent mal. Noter les endroits où vous vous êtes rendu peut vous aider à rester ancré dans la réalité pendant un événement chaotique. Cela peut vous aider à reconstituer le fil des événements et à assurer votre sécurité lorsque le récit et la vérité ne concordent pas.

Le modeste bureau sale de Sloane était empreint d'un stress silencieux en cette fin d'après-midi. C'était le seul endroit où elle pouvait échapper pendant quelques heures au bruit incessant des réunions littéraires et des délais d'édition. La lumière du soleil qui pénétrait à travers les stores sales formait de sinueuses ombres sur la vieille moquette et les piles de papiers. Il était presque 16 h 25. Le bruit de la ville à l'extérieur semblait lointain, comme un secret qui échappait à ces quatre murs. À ce moment précis, chaque seconde semblait s'allonger et l'air semblait étouffant, comme si le tic-tac lent de l'horloge ne mesurait pas seulement le temps en minutes, mais également en pression silencieuse et tacite. Le silence était si pesant qu'elle avait l'impression qu'il l'étouffait. L'endroit ne ressemblait pas à un bureau, mais plutôt à un piège qui empêchait les secrets et ses pensées de s'apaiser.

Les gens pouvaient sentir l'absence de Sloane, comme un vide dans la pièce qui les amenait à se demander ce qui se passait. Des documents soigneusement empilés, portant la signature effacée de Julien Vane, se trouvaient d'un côté de la chaise, déplacée sous le bureau. On aurait dit qu'elle était partie discrètement, laissant derrière elle une trace invisible de tension qui se dégageait des pages comme de l'encre sur l'eau. Ceux qui savaient où regarder pouvaient observer une légère différence dans la façon dont la lumière frappait l'endroit où elle s'était assise pour la dernière fois, ce qui montrait qu'elle était partie précipitamment. L'histoire qu'elle voulait raconter avait déjà commencé bien avant que quiconque n'entre dans cette pièce. Elle faisait passer la mort de Julien pour un triste suicide d'artiste.

La nécessité d'arrêter un e-mail de licenciement après qu'on a trouvé le corps de Julien n'était pas seulement une question d'argent ; il s'agissait également de contrôler l'histoire et de transformer le chaos en héritage.

Sloane n'était pas simplement partie faire des courses ou prendre une pause ; elle était partie délibérément pour s'éloigner d'un endroit où Julien la manipulait. Elle semblait calme à l'extérieur, mais à l'intérieur, elle était en proie à un tourbillon de peur, de perte et à un calcul impassible qui ne s'était pas encore transformé en désespoir. Elle sentait ses doigts trembler légèrement en pensant au manuscrit volé que Mila utiliserait pour la faire chanter et à l'enregistreur vocal secret qu'elle pensait avoir. La tension monta encore davantage lorsque les images allèrent au-delà de ce qui pouvait être vu : le léger serrement de sa mâchoire, le flash momentané de vulnérabilité avant qu'un masque bien rodé ne prenne le relais ; une performance préparée pour des spectateurs qui ne comprendraient peut-être jamais à quel point elle se souciait du sujet.

Chaque geste qu'elle faisait était un indice, et chaque clignement des yeux était le signe d'une guerre intérieure dont elle n'était pas prête à parler. Son absence ne laissait pas place au vide ; c'était un vide chargé, rempli d'accords tacites et de faits qui n'avaient pas encore été révélés. De nombreuses personnes étaient censées participer à la manipulation autour de la mort de Julien, mais le rôle de Sloane était le plus périlleux. Elle pouvait soit sauver une marque en déclin, soit la laisser sombrer. Le tic-tac de l'horloge dans cette petite pièce la ramena à la réalité. Il lui rappela que le temps était compté, non seulement pour Julien Vane, mais aussi pour la version de l'histoire qu'elle s'efforçait tant de préserver.

La pièce semblait retenir son souffle, attendant son retour, mais Sloane était toujours perdue dans ses pensées, ailleurs. Cette absence était chargée de tout ce qu'elle ne disait pas : le stress de la faillite, la honte d'avoir trahi sa loyauté et l'espoir désespéré que l'histoire qu'elle avait inventée résisterait à l'examen. Son silence en disait davantage que les mots. C'était une façon douce de dire que la personne la plus résiliente est parfois celle qui n'est pas présente.

La maison semble plus lourde qu'elle ne devrait l'être dans la lumière de fin d'après-midi. Les ombres s'étirent sur le vieux parquet, adoucissant les contours des meubles et créant une obscurité ensorcelante sur tout.

L'air à l'intérieur sent le café renversé et le vieux papier, qui sont les biens les plus précieux de Julien : ses manuscrits interminables. Le silence est presque assourdissant, à l'exception du faible tic-tac d'une horloge au loin, qui semble compter les minutes que Julien a déjà passées hors d'atteinte. La maison semble retenir son souffle, attendant quelque chose qui n'arrivera peut-être jamais : le bruit des pas de Mila résonnant à nouveau dans les couloirs.

Pour l'instant, l'intrigue semble vide et dérangeante sans Mila. Le départ de Mila est plus qu'un banal départ ; il soulève une multitude de questions sans réponse. La dernière fois que quelqu'un l'a vue, elle était pressée, le visage en sueur, et elle tremblait en s'éloignant rapidement, quelque chose dans les mains. Le désordre qu'elle a laissé derrière elle donne l'impression qu'il y a des secrets que personne ne connaît. Chaque regard et chaque geste étrange qu'elle fait dans la précipitation suggèrent que sa vie est tout aussi compliquée que celle de Julien, mais pour une raison très différente. Il y a beaucoup d'histoires qui n'ont pas été racontées depuis son départ. Ces histoires ne seront peut-être jamais découvertes, ou elles se cachent peut-être dans les décombres des derniers moments de Julien.

La maison semble retenir son souffle dans le silence, comme si elle savait ce que Mila avait apporté avec elle. Le bruit doux de ses chaussures frottant contre le porche et le bruit rapide de ses talons frappant le bois ont maintenant disparu. Il y a plutôt un silence écrasant. Le bureau de Julien est encombré de manuscrits inachevés et de notes froissées, ce qui montre à quel point son esprit est occupé. Le sac neuf dans le coin, qui contenait autrefois les fournitures médicales de Mila, émet un léger bruit métallique. Maintenant qu'elle est partie, on dirait un élément prévu de la maison, qui change l'histoire et ajoute au mystère. Chaque ombre et chaque espace semblent indiquer qu'elle n'est restée que peu de temps, ce qui montre clairement que ses véritables objectifs et ses angoisses restent voilés derrière sa fuite précipitée.

À la tombée de la nuit, la tension monte comme un fil sur le point de se rompre. En l'absence de Mila, le rythme de l'histoire change. Il ralentit et se remplit de doutes et de réflexions excessives. Est-elle partie parce qu'elle a soudainement pris peur ? Ou a-t-elle délibérément décidé de brouiller les pistes ? Le hasard est dans l'air, et il est suffisamment dense pour être palpable. Chaque détail pointe vers une histoire différente, mais aucun d'entre eux ne correspond vraiment. Son départ précipité, la dispute avec

Julien et le fait qu'elle ait l'impression d'être responsable de sa chute la font se sentir coupable... ou innocente. La maison murmure encore son nom, indiquant à tous ceux qui veulent savoir que son rôle dans ce drame étrange n'est pas encore terminé. Le tissu déchiré, les empreintes digitales maculées et la clé jetée font tous partie d'un puzzle plus vaste qu'elle a laissé derrière elle.

L'idée que l'absence de Mila puisse être sa façon de se taire – une protestation, un bouclier, ou peut-être même son dernier acte de contrôle dans une situation qui devenait incontrôlable – est la plus effrayante. Son départ déclenche une réaction en chaîne qui affectera à jamais le cours de l'enquête. Il oblige tout le monde à faire face à une vérité inconnue, et de nombreuses questions restent sans réponse. Se souciait-elle vraiment de ce qui lui arriverait si elle agissait ainsi ? Ou essayait-t-elle de fuir ce qu'elle considérait comme un scénario fatal ? Ces questions reviennent sans cesse dans les endroits calmes, rendant l'absence de Mila encore plus effrayante. C'est une note qui n'a pas été résolue dans une symphonie de mensonges et de secrets. Le récit n'est pas encore terminé, car elle n'a pas été retrouvée et ses motivations n'ont pas été révélées. Il attend tranquillement dans l'obscurité le moment où il pourra entendre à nouveau sa voix.

L'inspectrice Byrne était assise dans son bureau sombre, qui sentait le vieux café et les blocs-notes usés. La mort de Julien Vane était devenue un véritable casse-tête, avec une pause de 70 minutes au milieu. Ce court laps de temps entre le départ de Mila et l'arrivée de Marie était vraiment important. Elle regarda à nouveau la vidéo de surveillance, et fronça les sourcils alors que les mêmes scènes se répétaient encore et encore. Mila sortit du bâtiment chic avec un air déterminé et serra fermement son sac à main. Elle laissa derrière elle une impression plus éclatante que tout ce qui apparaissait à l'écran.

Byrne examina ensuite les enregistrements des conversations. SMS, appels téléphoniques et horodatages. L'appel affolé de Mila à Sloane ne fit que rendre les choses plus confuses. Qu'avait-elle appris en quelques secondes qui lui avait donné l'impression qu'elle devait agir ? À mesure que Mila avançait, chaque infime détail la concernant prenait de l'importance, et Byrne sentait l'atmosphère devenir de plus en plus tendue. Et Marie ? Elle n'était pas là par hasard. Elle semblait ne pas connaître toute l'histoire, car elle n'était arrivée que 70 minutes plus tard. Elle semblait impliquée dans quelque chose de bien plus complexe que ce que les délais de base pouvaient laisser entendre.

En rassemblant les pièces du puzzle, Byrne comprit à quel point les derniers instants de Mila avaient été incertains. Et si elle avait dû quitter le bâtiment immédiatement parce qu'elle avait peur ? Byrne trembla à l'idée de ce qui aurait pu se passer. Mila était peut-être encore en vie, fuyant quelque chose d'horrible qui se cachait dans l'obscurité. Et si Marie était entrée dans un endroit déjà rempli des affaires de Mila ? Cela aurait rendu les choses encore plus risquées pour elle.

Tout semblait sur le point de s'effondrer. Byrne était curieuse de savoir ce que Marie savait réellement. Était-elle arrivée sur les lieux d'une scène différente, où régnait une atmosphère lourde, empreinte de terreur et de violence ? Ou peut-être avait-elle un rôle plus important à jouer dans toute cette affaire ? Le scepticisme des femmes ressemblait à une corde raide qui changeait à chaque nouvelle preuve ou témoignage. Le mystère restait passionnant, et chaque nouveau rebondissement amenait Byrne à remettre en question ce qu'elle pensait avoir compris de la réalité, des raisons qui se cachaient derrière, et de l'identité de la victime et du coupable.

Alors que le temps passait, elle eut un moment de lucidité : peut-être que la solution ne se trouvait pas dans le noir et blanc, mais dans les zones grises. Les 70 minutes d'intervalle furent remplies d'histoires, chacune cherchant à attirer l'attention et pleine de suspense. Comme la situation était très floue, l'affaire n'était pas seulement une enquête, mais aussi une analyse des choix des gens, de leurs peurs et des pressions auxquelles ils sont soumis.

17

L'AUTOPSIE

(Le lendemain)

Marie se tenait raide dans la salle d'attente froide et aseptisée, où la puissante odeur de désinfectant lui emplissait les narines et lui piquait la gorge. Les lumières fluorescentes vives clignotaient doucement au-dessus d'elle, projetant de longues ombres sur les murs blancs. Un faible bourdonnement qui ressemblait à un avertissement traversait l'air. Elle avait l'impression que chaque respiration était trop bruyante et que chaque seconde durait une éternité alors qu'elle attendait que quelqu'un lui dise ce qui était arrivé à Julien. L'air était sec et lourd, et se mêlait à la légère odeur métallique qui collait à sa peau. Cette odeur lui rappelait les fins et les hôpitaux, mais elle restait silencieuse.

Ses mains tremblaient sur ses genoux, et ses doigts glissaient sur le tissu rugueux de la chaise comme s'ils dessinaient des lignes qui n'existaient pas. Elle avait l'impression que cette pièce immaculée se refermait sur elle, comme un voile trop serré. Un homme en blouse blanche entra après l'ouverture de la porte. Il était impossible de savoir ce qu'il pensait, car son visage était grave. Les mots jaillirent d'une manière froide et professionnelle, révélant les résultats de l'autopsie. Quelque chose en Marie s'effondra lorsqu'elle apprit la vérité. L'autopsie lui révéla ce qu'elle aurait préféré ne pas entendre : des choses qui allaient à l'encontre de tous ses espoirs et de tous ses sentiments. Elle sentit son cœur s'emballer alors qu'elle luttait pour donner un sens aux vérités glaciales et dures qui se trouvaient devant elle.

« C'est impossible », dit-elle d'une voix si faible qu'il était difficile de l'entendre.

Elle tremblait comme un fil sur le point de se rompre. Alors que le poids du déni pesait sur sa poitrine, sa peau devint moite et son visage perdit toute couleur. La mort de Julien défiait sa logique habituelle. Elle voulait crier, se débattre et contester cette nouvelle qui semblait si terrible et définitive. Tout son instinct la poussait à le protéger et à rendre l'histoire moins dure et plus douce. Mais la vérité de l'autopsie était une force puissante et implacable qui l'obligeait à choisir entre ce qui était vrai et ce qu'elle voulait être vrai.

Sloane était assise, raide, dans le couloir froid et stérile de l'hôpital. Les lumières fluorescentes vives lui donnaient des frissons. Elle colla son oreille contre le haut-parleur cassé de l'enregistreur portable utilisé par l'équipe médico-légale et s'efforça d'entendre chaque mot de la voix lointaine et clinique du pathologiste. On pouvait entendre des gens écrire, de légers bips et des bruits de pas pas trop forts en arrière-plan. La pièce sentait la désinfection et le métal, et l'odeur de propreté flottait dans l'air comme un avertissement. Tout semblait ralentir pendant qu'elle écoutait, à l'image de la voix du pathologiste qui restait distante et apparemment désintéressée tandis qu'il parlait des résultats de l'autopsie d'une manière robotique. Elle avait imaginé cette scène, mais maintenant qu'elle y était, cela lui semblait étrange, la dure réalité lui rappelant brutalement ce qui était en jeu.

Lorsque Sloane entendit le terme « stupéfiants », elle prit un air inquiet. Le mot flottait dans l'air comme un nuage lourd, tacite mais impossible à ignorer. Elle pensa immédiatement à la drogue, car elle savait que le fait même d'en parler pourrait briser l'image fragile qu'elle s'efforçait de construire pour Julien Vane. Elle comprit que la moindre allusion à la drogue rendrait l'histoire qu'elle cherchait à contrôler plus problématique et pourrait ruiner sa réputation professionnelle. Cette information supplémentaire pouvait transformer l'histoire d'une mort tragique, peut-être inévitable, en quelque chose de pire et de plus scandaleux. Elle sentit monter en elle cette vague d'anxiété familière et serra plus fort son sac à main. Le médecin légiste évoqua ensuite les médicaments trouvés dans le corps de Julien. Ces mots étaient si lourds qu'ils lui faisaient mal, lui rappelant que les choses n'étaient pas aussi belles et simples qu'elle le souhaitait.

La tête de Sloane tournait tandis qu'elle réfléchissait à ses options et répétait les scénarios qu'elle pourrait décrire. Elle gagnait de l'argent en contrôlant l'image de Julien, en régulant ses apparitions publiques et en transformant son existence compliquée en une histoire qui se vendait bien. Elle entendit le terme « stupéfiants » résonner dans sa tête et comprit que cela pouvait tout gâcher. Les médias allaient-ils reprendre l'histoire et dire qu'il s'agissait d'abus ou d'automutilation ? Les fans en viendraient-ils à penser que les médicaments étaient responsables de la détérioration de Julien plutôt que le vieillissement normal ou la maladie ? Elle agita légèrement les doigts en réfléchissant à la suite des événements. Elle s'aperçut que la réalité serait confuse, avec trop de doutes et de questions à traiter. Elle ne pouvait qu'espérer ajuster l'histoire avant que les faits ne deviennent incontrôlables, en faisant passer la mort comme une conclusion naturelle ou quelque chose de moins scandaleux que ce à quoi les preuves pourraient réellement mener.

En lisant les résultats de l'autopsie, Mila sentit son pouls s'accélérer. Elle était envahie par un mélange de terreur et de curiosité qui lui coupait le souffle. C'était comme si elle essayait d'assembler les pièces d'un puzzle dont les éléments étaient trop désordonnés pour s'emboîter. L'article traitait de la mort de Julien de manière clinique, identifiant diverses causes, toutes plus effrayantes les unes que les autres. L'esprit de Mila était en ébullition. Elle n'arrêtait pas de repenser aux derniers instants qu'ils avaient passés ensemble, essayant de donner un sens à tout ce chaos.

La panique qui l'envahit ne fit qu'aggraver son état et lui rappela des questions auxquelles elle ne voulait pas penser. Ce qu'elle avait fait avait-il un rapport avec ce qui lui était arrivé ? Leur dispute avait-elle changé les choses pour de bon ? Chaque fois qu'elle se sentait coupable, cela la frappait plus fort que la fois précédente. Elle se souvenait du regard intense de Julien lorsqu'il lui avait dit que tout allait bien juste avant qu'elle ne quitte sa maison ce soir-là. Ses souvenirs ressemblaient à des tremplins qui la faisaient avancer, mais qui parfois la faisaient s'arrêter et réfléchir, car elle était tellement incertaine.

Lorsque Mila reçut les résultats de l'autopsie, elle se sentit prise dans un tourbillon d'émotions. Elle ressentait beaucoup de culpabilité et peu de soulagement. Elle n'aimait pas l'idée qu'il ait planifié sa mort dans le cadre de son art. Avait-elle négligé certains indices ? Elle se souvenait de leur dernière conversation, qui était remplie de vérités et de demi-vérités. Elle pouvait sentir la tension dans l'air, comme l'appréhension qui précède une tragédie ou l'électricité statique qui précède un orage.

Elle réfléchissait à plusieurs choses qui n'avaient aucun sens : le secret qu'elle gardait, le manuscrit qu'elle avait volé et la dispute qu'ils avaient eue. Je doutais de moi-même chaque fois que je repassais les mêmes pensées en boucle. Voir Julien rire et ses yeux briller lui donnait un goût amer dans la bouche. Avait-il écrit une fin pour eux deux, et pas seulement pour lui-même ? La voyait-il comme un personnage de son histoire, quelqu'un qui serait présent dans son dernier acte ? Alors qu'elle réfléchissait à cette dure réalité, son estomac se nouait de peur, qui s'intensifiait à chaque pensée.

Alors qu'elle commençait à passer en revue ses sentiments, elle sentit qu'elle devait agir immédiatement. Les informations lui ont révélé la réalité, ce qui l'a rendue triste. Elle ressentait de l'ambition, de l'anxiété et peut-être même de la trahison à l'égard de Julien. Cette révélation m'a mis mal à l'aise. Elle voulait cesser de se sentir mal et se considérer simplement comme une autre personne lisant le triste drame qui se déroulait autour d'elle. Mais, la vérité était beaucoup plus compliquée. Ses pensées ressemblaient à un labyrinthe complexe, chaque tournant la ramenant à elle-même et aux choix qu'elle avait faits.

Dans les jours qui ont suivi l'annonce, elle a été en proie à des pensées et des sentiments contradictoires, tandis que la vie continuait dehors. Ses connaissances et ses amis bavardaient autour d'elle, sans comprendre qu'elle était en proie à une agitation intérieure tumultueuse. Le monde semblait indifférent à ses problèmes, tandis qu'elle menait sa vie habituelle. Tout, même le sourire d'un barista ou le rire d'un inconnu, lui semblait aigu et aggravait son mal-être pendant cette période. Parfois, cette agitation la soulageait. Elle a appris la mort de Julien et a observé la réaction des personnes qui ne le connaissaient pas bien. Leurs craintes étaient les mêmes que les siennes, et leurs questions sont devenues les siennes. Mais plus elle écoutait, plus elle avait l'impression d'être dans un conte qui lui arrivait et sur lequel elle n'avait aucune influence.

Mila comprit qu'avec le temps, elle ne pouvait pas rester prisonnière de cette tourmente. Elle avait besoin de comprendre la signification de tous ses sentiments. Affronter la réalité serait la chose la plus difficile à faire pour elle après la mort de Julien. Chaque infime changement dans ses sentiments l'aidait à mieux comprendre. Elle devait gérer non seulement la honte et la peur qu'elle ressentait, mais aussi les moments où ces sentiments lui permettaient d'y voir plus clair. Elle devait savoir que sa quête d'une histoire pouvait soit la relier à la sienne, soit la libérer.

Alors qu'elle faisait le tour de son appartement pour essayer de mettre de l'ordre dans ses affaires, une chose lui apparut clairement : elle devait comprendre le travail étrange de Julien pour bien saisir sa situation. Elle souhaitait être plus qu'un simple personnage secondaire dans son récit ; elle voulait l'écrire elle-même en démêlant les fils de celle qu'il avait laissée derrière lui. Cela éclairerait les zones d'ombre qu'il avait laissées.

L'inspectrice Byrne était assise seule dans la salle d'interrogatoire plongée dans l'obscurité, le rapport d'autopsie devant elle, qui ressemblait à une énigme à résoudre. Chaque mot qu'elle lisait lui faisait ressentir davantage l'horrible réalité concernant la mort de Julien Vane. Les résultats toxicologiques détaillés ressortaient explicitement : Julien avait dans son organisme une grande quantité de médicaments illégaux. Ces substances étaient comme des invités indésirables dans son corps, ce qui l'effrayait et le choquait. Il n'y avait pas de bêtabloquants ni de statines dans son organisme qui auraient pu expliquer cette chute lente et régulière ; Marie affirmait qu'il prenait ses médicaments pour le cœur conformément à la prescription.

Il y avait ces médicaments, et ils n'étaient pas seulement une situation médicale étrange ; ils étaient un signe avant-coureur. Ce n'était pas une insuffisance cardiaque naturelle ou un accident silencieux, comme l'affirmaient les premières théories. L'enquête a révélé un mélange complexe de médicaments, y compris des narcotiques qui n'avaient été prescrits par personne à l'hôpital. Le toxicologue avait averti que les niveaux étaient suffisamment élevés pour rendre la respiration pénible. Ce sont ces composés étranges qui ont affaibli le cœur de Julien, et non la maladie.

Byrne s'attarda sur les détails : le mélange d'opioïdes, l'absence de raison médicale et le moment de l'ingestion indiquaient clairement qu'il ne s'agissait pas d'une mort naturelle. Ce schéma n'était pas une erreur. La perfection chirurgicale suggérait en fait que quelqu'un avait falsifié les preuves ou, pire encore, empoisonné la victime intentionnellement et fait passer cela pour un accident médical. La composition chimique montrait clairement qu'il s'agissait d'un acte prémédité. Le certificat de décès indiquait peut-être « cause indéterminée » pour l'instant, mais Byrne savait que cet incident n'était pas le fruit du hasard.

Les pensées de la détective se bousculaient dans sa tête alors qu'elle rassemblait les pièces du puzzle. Il y avait une raison évidente pour laquelle quelqu'un avait introduit ces médicaments dans le corps de Julien. Il ne s'agissait pas d'une overdose accidentelle ou d'une erreur fortuite, mais d'un acte prémédité et froid visant à profiter de son état de santé déjà précaire. Ce meurtre avait été déguisé en maladie. Les médicaments étaient une arme, et leur présence rendait difficile d'accepter que Julien soit mort de causes naturelles ou d'un accident.

Byrne se demanda ce que cela signifiait. Les médicaments devaient provenir d'une personne suffisamment proche de Julien pour influencer son entourage, qui savait à quel point il était fragile, mais qui était prête à le pousser à bout. Le rapport trancha comme un scalpel dans le chaos des mensonges et des récits contradictoires, démontrant clairement que ce qui semblait au premier abord être une énigme difficile à résoudre était en réalité un meurtre prémédité. Le raisonnement était simple et clair : un homme ne survit pas par hasard à la présence de ces substances dans son sang.

Leurs opinions bien arrêtées ont changé lorsqu'ils ont appris cette information. Les explications selon lesquelles la personne était décédée de causes naturelles après des années de maladie ou qu'elle avait commis une erreur qui avait entraîné sa mort n'étaient plus une consolation. Le jargon médical dissimulait ce meurtre, un crime qui exigeait une résolution rapide afin d'éviter tout malentendu. Byrne pouvait déjà entendre les arguments des suspects s'effondrer à cause de cette preuve. Le corps de Julien contenait des stupéfiants, ce qui constituait la preuve irréfutable.

18

LA DEUXIÈME RECHERCHE

Marie observait silencieusement depuis la porte, regardant les policiers qui fouillaient méthodiquement la pièce. Elle tenait ses mains fermement jointes devant elle, et même si son regard était calme, presque sévère, derrière son masque bandé, personne ne pouvait manquer de remarquer le tremblement de ses doigts. Le moindre bruit — le clic d'un stylo, le froissement d'un papier — lui semblait soudain insupportablement fort. Elle respirait de manière rythmée, essayant de contrôler les papillons dans sa poitrine ; le calme apparent qu'elle affichait n'était qu'un soulagement superficiel face à son agitation intérieure. Elle sentait ses nerfs se tendre encore plus alors que des pensées qu'elle n'osait pas exprimer se bousculaient dans sa tête : avaient-ils trouvé quelque chose ? Cela peut-il tout bouleverser ? En tant que cardiologue, son travail exigeait du sang-froid, mais ici, dans l'anarchie silencieuse de l'obscurité, son corps avait cédé à ce contrôle tranquille.

Elle regardait l'équipe fouiller, retirant méticuleusement ce qui semblait être des couches de tissu taché de sang et des effets personnels. Son regard s'était posé sur un petit plateau à roulettes contenant des échantillons de sang et des sacs de preuves — enfin, autant qu'elle pouvait en juger ; plus que tout, ce qu'elle voyait, c'étaient les subtils signes d'hésitation ou d'irritation sur leurs visages. Elle avait l'impression que chacun d'entre eux comprenait ce qui était en jeu, la vérité très fragile qui se cachait dans ce désordre. Et son esprit revenait sans cesse sur la façon dont elle s'était laissée entraîner dans tout cela, en particulier dans ses recherches, qui semblaient désormais avoir été une erreur. Le travail d'un médecin était censé consister à comprendre le corps humain, et non à rechercher des indices qui pourraient l'incriminer ou faire ressortir des vérités désagréables qu'elle espérait voir enterrées.

En les regardant, elle pensa à ses propres mains, si fermes pendant tant d'opérations chirurgicales, mais qui tremblaient désormais sous l'effet d'une autre sorte de tension. Son regard se posa sur la trousse médicale ouverte qu'elle avait sortie de son placard plus tôt, dont le contenu était impeccablement rangé à l'intérieur ; l'un de ces flacons enveloppés dans du papier stérile pourrait être ce dont elle avait besoin. Elle avait instinctivement senti où ne pas chercher de stupéfiants. Elle cherchait seulement un signe de problème, n'importe quoi qui pourrait expliquer le déclin rapide de Julien. Mais, maintenant, le doute s'installait. Ou bien n'avait-elle vraiment rien perçu, et y avait-il quelque chose qu'elle ne pouvait pas discerner, qui donnait une teinte plus sombre à cette situation déjà compliquée ? Son cerveau essayait de concilier ce qu'elle savait des médicaments avec le chaos qui se déchaînait autour d'elle.

Lorsque le petit sac contenant les drogues fut dévoilé, le silence se fit dans la pièce. Pendant un instant, tout ralentit : les yeux écarquillés des enquêteurs, la légère odeur de produits chimiques qui flottait dans l'air. Le pouls de Marie s'accéléra légèrement, mais son visage resta impassible. C'était impossible. Elle savait que ces drogues ne lui appartenaient pas. Elle ne les avait jamais vus auparavant et ne pouvait même pas dire de quoi il s'agissait rien qu'en les regardant. Son cerveau refusait de croire ce que ses yeux voyaient. Elle s'empressa de nier, d'un ton calme mais ferme :

« Ce ne sont pas les miens. J'ignore comment ils sont arrivés ici. »

Sa voix était calme, presque répétée, et pourtant, elle sentait le poids de la vérité derrière ces mots : cela ne pouvait pas être un accident, n'est-ce pas ? Elle n'était pas impliquée, n'est-ce pas ? Mais, au fond d'elle-même, une petite inquiétude lancinante lui murmurait qu'elle était peut-être plus impliquée qu'elle ne voulait bien le croire.

Elle savait déjà à quel point une fausse piste pouvait être fatale dans ces moments-là. Elle avait l'habitude d'expliquer les complications dans les cas de ses patients et de défendre sa réputation. L'accusation semblait planer dans l'air, lourde et pesante. Pourrait-elle faire passer ses compétences professionnelles pour un moyen de dissiper les doutes, ou les instruments mêmes avec lesquels son propre esprit fonctionnait la trahiraient-ils ?

« Je jure que je n'ai jamais vu ces drogues », dit-elle d'une voix calme. « Je jure que je n'ai jamais vu ces drogues auparavant. Elles ne m'appartiennent pas. »

Mais, au fond d'elle-même, elle savait que le déni seul ne suffirait peut-être pas. Il y avait des preuves, et son silence pouvait être considéré comme de la complicité. Elle devait trouver un moyen de se persuader — et par la même occasion de persuader tout le monde — que sa conscience était claire, même si, pour la millième fois, elle jetait des regards rapides autour d'elle vers le sac. Celui-ci semblait continuellement lui faire trébucher les pieds de la manière la plus étonnante qui soit sur cette maudite chose. « Etait-ce possible ? »

Une tension palpable régnait dans le studio tandis que les détectives passaient méticuleusement au crible les effets personnels obscènes de Julien. La pièce immaculée semblait glaciale, presque morte, remplie de papiers découpés et de dossiers bien rangés, mais elle n'offrait aucun réconfort. Ils avaient transformé tout cela en décor pour leur chasse et leur question désespérée, la question qui pourrait d'une manière ou d'une autre percer le mystère de ses dernières heures. Ils dressèrent un inventaire des manuscrits, des photographies et des lettres, passant au crible les artefacts laissés par une vie qui venait de s'éteindre. Chaque objet qu'ils manipulaient renfermait un souvenir, un fragment du génie de Julien. Cependant, ce qu'ils recherchaient à présent était plus malveillant, quelque chose qui pourrait déchirer la délicate toile tissée autour de sa mort.

Le silence était ponctué par le bruissement léger du papier et le craquement révélateur des sacs en plastique contenant les preuves. Les détectives marchaient d'un pas lourd, à la fois pressés et inquiets, conscients de la gravité de leur évaluation. Chaque détail comptait. Les photos punaisées sur le tableau en liège suscitaient à la fois le rire et le désespoir, révélant toute la gamme des émotions que Julien inspirait. Mais, malgré tous ses efforts, les véritables indices étaient enfouis trop profondément, protégés par les multiples couches d'artifice dont Julien se servait comme d'une armure défensive. Que s'était-il passé dans les heures qui avaient précédé sa mort ? Cette quête semblait moins être une recherche de la vérité qu'une tentative de retrouver quelque chose de fragile, la petite sœur timide de la vérité d'enfance.

En l'absence de Sloane, l'atmosphère psychologique de la pièce devint pesante, du moins pour Marie. Elle se tenait à la lisière du cercle, observant les détectives travailler et ressentant cette même peur lancinante sous son apparence calme. Chaque regard échangé entre les désignés lui donnait l'impression qu'un morceau de verre avait transpercé le calme de son bouclier et l'avait déchiqueté, laissant des bords irréguliers. Les pensées de Julia se bousculaient, chacune plus sombre que la précédente, la poussant à se demander quel rôle elle avait elle-même joué dans cette triste histoire. Que trouveraient-ils ? Ses crimes, ses humiliations, seraient-ils exposés au regard du monde entier ?

Le cœur de Mariebattait à tout rompre, et sa détresse s'intensifiait à mesure que la fouille systématique se poursuivait sans fin en vue. Le bureau, lieu de rires et de rêves paisibles, était désormais devenu une arène d'interrogatoires et de doutes. Les murs commencèrent à l'oppresser et à l'écraser, effaçant le souvenir de la façon dont elle avait lutté contre la lente déchéance de Julien pour former une tache informe contre eux. Cependant, c'étaient les mêmes vieilles batailles, car il n'y a rien de plus oppressant que d'être une épouse compréhensive. À présent, alors qu'elle s'approchait des enquêteurs qui fouillaient, et plus précisément, alors que leurs questions insistantes résonnaient dans sa tête, tout s'effondrait enfin : le fragile fil narratif qu'elle avait fait de son mieux pour maintenir. La pression était écrasante ; ses scénarios soigneusement construits commençaient à se défaire, et elle était au bord de la panique.

Chaque bruit, du craquement des planches au bruissement du papier qui tombait en cascade, dans ses sens exacerbés, ne faisait que la narguer, lui rappelant sa propre descente aux enfers. Il ne s'agissait pas seulement de rechercher des indices, mais également d'affronter ses propres démons. La médecin sereine, ancienne star dans son domaine, était devenue une femme hantée par les ombres de la culpabilité et de la peur. Adossée au mur, retenant son souffle pour ralentir les battements effrénés de son cœur, Marie comprit qu'elle était sur une corde raide, s'engageant dans un mensonge ou un autre, descendant vers une dissimulation sûre ou une exposition totale. Dans ce moment désespéré, elle réalisa que la vérité pouvait être obsédante et que parfois, les plus titanesques batailles se livraient silencieusement dans sa propre tête.

La maison ressemblait à une illustration : figée dans le temps, comme si le temps et les habitants eux-mêmes retenaient leur souffle jusqu'à son retour. Sa présence habituelle avait disparu. Il n'y avait plus d'allées et venues ni d'obscurcissement dans les pièces, ni de chuchotements de secrets. Au contraire, un silence épais et moelleux s'était installé contre les murs, remplissant les coins vides de secrets tacites. Ce silence, épais et calme, comme s'il respirait, soulignait qu'il manquait quelque chose, plus que son simple corps. L'air était lourd sans cette personne, lourd d'une manière qui vous rappelle qu'il existe un monde extérieur qui tire sur votre cœur.

L'attention s'est immédiatement portée là où Mila aurait dû se trouver, un vide impossible à ignorer. Il y avait les chaises vides, le verre intact sur la table d'appoint et cette légère odeur de son parfum qui flottait encore sur un foulard oublié, autant de menus indices qui prouvaient amplement qu'elle n'était pas là. Cela amplifiait tout ce qui n'avait pas été dit : le bruit rapide des pas qui résonnaient ici autrefois et les regards furtifs que les survivants échangeaient entre eux. Les questions flottaient dans l'air comme de la fumée, s'enroulant et disparaissant avant même d'avoir pu trouver une réponse. Le départ précipité de Dohme pendant ces heures cruciales venait perturber la tranquillité fragile de la pièce.

Le temps qu'elle avait passé loin d'eux n'était pas seulement quelques minutes manquantes ; c'était un bout libre qui n'avait pas été rattaché à l'avant et à l'après. Il semblait toujours que, si elle ne bougeait pas ou ne parlait pas, le mystère devenait plus profond plutôt que plus clair. Cela rendait les gens autour d'elle méfiants et les amenait à douter de sa présence, car ils remarquaient ses absences marquées par un désespoir muet caractéristique qui grandissait tout au long de la journée. La femme qui était là autrefois, l'écart entre sa présence et le départ vide derrière elle, s'est transformé en une histoire à part entière, pleine de peur et de doute. Et dans cette version des événements, la réalité de ces dernières heures restait insaisissable.

La petite pièce, presque silencieuse, était légèrement animée par le bourdonnement des lampes fluorescentes suspendues au plafond. Les yeux de Byrne scrutèrent attentivement les fournitures bien rangées, toutes soigneusement rangées dans des bacs en plastique transparent. Elle passa ses doigts sur les différentes couches de bandages et de matériel médical, d'un geste ferme et assuré. L'air sentait le désinfectant, une odeur vive et propre qui semblait aiguiser son esprit tandis qu'elle examinait chaque article. Pour un observateur extérieur, cela ressemblait à une tâche routinière, mais Byrne savait que chaque détail comptait. Le moindre désalignement ou signe d'altération pouvait compromettre l'ensemble du dossier.

Sa main gantée s'enfonça davantage dans le sac, et elle plissa les yeux en examinant son contenu. Les fournitures médicales étaient toutes à leur place, jusqu'à ce qu'elle touche quelque chose qu'elle n'avait pas prévu. Cachée derrière une pile de pansements propres se trouvait une petite bouteille en verre lisse de la taille du pouce d'un homme. Byrne marqua une pause, reprenant son souffle. À première vue, la bouteille n'avait rien de particulier. Elle était transparente et ne portait aucune étiquette ni marque permettant de deviner son contenu. Mais, sa disposition et le fait qu'elle scintillait attirèrent son attention. Il n'y avait vraiment rien d'insignifiant dans son travail. Elle savait à quel point même la plus petite bouteille pouvait être mortelle si elle contenait le liquide particulier qui devait détruire Julien Vane.

Byrne regarda attentivement la petite bouteille, comme si elle renfermait un secret vieux de cent ans. Le verre était impeccable, sans aucune rayure ni trace d'usure. Elle savait que ce type de médicament, un opiacé, pouvait être utilisé avec précaution et précision pour aider les personnes en fin de vie à se sentir plus à l'aise. Il était indéniable qu'il ne figurait pas sur la liste officielle. Il ressemblait au médicament que Julien avait reçu lorsqu'il était tombé malade si soudainement. Son esprit analysa rapidement les faits : Julien avait été empoisonné, la manière dont il avait été découvert, et maintenant cette petite fiole. C'était la seule chose qui manquait pour vraiment tout personnaliser. S'il cachait ce médicament en secret, cela signifierait que quelqu'un le lui avait donné intentionnellement, ce qui indiquerait que la mort de Julien n'était pas un simple déclin naturel. L'intuition de Byrne lui disait que le détachement clinique et froid de Mariemasquait quelque chose de bien plus sombre sous cette surface calme.

Elle souleva la bouteille et l'examina à la lumière. Le verre était froid et dur, léger mais lourd de conséquences. L'esprit de Byrne passa en revue la chronologie des événements reconstitués à maintes reprises, réfléchissant à la manière dont le médicament avait pu être administré, à qui pouvait être au courant et si Mariey y avait accès. Elle avait appris que même ce petit détail pouvait faire toute la différence. Il ne s'agissait plus simplement d'un médecin ou d'une épouse ; il fallait déterminer si quelqu'un pouvait glisser un poison caché dans ce que ceux qui étaient au chevet de Julien savaient être ses derniers instants. Elle était désormais certaine que ses soupçons étaient confirmés : il y avait eu un événement planifié, et cette bouteille était la preuve irréfutable qui allait tout révéler sur la mort de Julien.

La pièce, calme et clinique quelques instants auparavant, bourdonnait désormais d'énergie. Byrne remit délicatement la bouteille dans le sac, l'esprit déjà envahi de questions. Comment était-elle arrivée là ? Comment avait-elle pu se glisser dans la trousse de secours sans que personne ne s'en aperçoive ? Et quel était son lien, s'il y en avait un, avec les dernières heures de Julien ? Il faudrait creuser davantage pour trouver les réponses, mais pour l'instant, cette petite boîte était sur le point de bouleverser l'enquête. Elle savait que si elle voulait découvrir la vérité, elle devait suivre la moindre piste, aussi infime soit-elle. Dans des situations comme celle-ci, le moindre détail avait souvent une importance capitale, et toute l'histoire était bien plus complexe qu'elle ne l'avait semblé au premier abord.

Cette petite fiole était également une leçon pour tous ceux qui cherchaient une solution à l'affaire : parfois, tout ce qui présente un intérêt se résume à ce que vous ne voyez pas. Byrne rangea la preuve, bien consciente que ses doutes grandissaient. Le silence de la pièce, l'odeur âcre du désinfectant et même cette fiole en verre racontaient tous la même histoire : un acte avait été prémédité devant elle, lui permettant de découvrir le dernier geste, le plus diabolique, de Julien Vane.

19

L'ARRESTATION

Le cœur battant à tout rompre dans sa poitrine, Marie jeta un rapide coup d'œil autour d'elle dans la salle d'interrogatoire. La lumière tamisée rendait l'atmosphère lourde et oppressante, comme si une accusation allait être prononcée. Le contact du métal froid contre ses poignets était à la fois étrangement inhabituel et étrangement familier, lui rappelant brutalement à quel point elle était en difficulté. Les néons au-dessus d'elle clignotaient par intermittence, et les jeux d'ombre et de lumière sur les murs gris ternes rendaient l'atmosphère encore plus oppressante qu'elle ne l'était déjà.

Elle essaya de respirer, de se vider l'esprit et de se recentrer sur la réalité, mais cette tentative réduisit ses efforts à néant et la laissa étourdie et désorientée. Elle espéra que quelqu'un ici serait capable de comprendre, pensa-t-elle pendant un bref instant de désespoir, mais aucun visage dans cette pièce ne montrait la moindre expression. Une voix cria brusquement dans un coin reculé de son esprit, lui posant des questions qu'elle pouvait à peine entendre.

Le bruit des menottes résonnait dans ses oreilles, lui martelant le crâne comme une cruelle plaisanterie. Littéralement : la peur avait un goût métallique au fond de sa gorge alors qu'elle déglutissait péniblement, et elle baissa les yeux vers ses mains immobilisées, priant n'importe quel dieu de la sauver et de ralentir les battements de son cœur. Comment en était-elle arrivée là ?

Pourquoi le monde avait-il basculé si violemment ? Tout dans cette pièce était soudainement trop calme, des milliers de secondes se figèrent en une éternité autour d'elle. Le moment terrifiant de lucidité, autrefois lumineux et proche, lui semblait soudain être un fantôme planant dans les recoins sombres de son existence. Je vais crier : « Je te jure que tu te trompes ! », mais les mots restent coincés dans sa gorge fermée, et elle serre quand même ses mains et les menotte contre sa poitrine. Des preuves concrètes et froides s'enracinèrent dans ses expériences vécues, tordant et transformant les fibres de sa vie en une tapisserie criminelle qui ne lui était plus étrangère. Elle se recroquevilla, repliée en position fœtale pour disparaître, mais elle ne pouvait échapper à la réalité de l'endroit où elle se trouvait, physiquement ou légalement.

La lueur aveuglante des téléviseurs se reflétait sur les tables brillantes de la salle de conférence, projetant une lueur blanche fantomatique sur le visage tendu de Sloane. Ses mains tremblaient légèrement alors qu'elle restait assise, paralysée, tandis que la voix du présentateur du journal télévisé se fondait dans un murmure sourd. À l'écran, on voyait en boucle les images granuleuses de son arrestation : les menottes qui se refermaient autour de ses poignets, les visages sévères des policiers qui la conduisaient à travers les grilles métalliques du commissariat. C'était comme regarder la vie d'une autre personne s'effondrer, celle d'une femme qui n'avait aucun rapport avec l'agence qu'elle avait créée ni avec le visage prudent qu'elle affichait. Mais elle était là, prise dans ce moment d'exposition et d'humiliation, impuissante à faire autre chose que regarder le public assister à sa chute.

Les néons du plafond bourdonnaient d'une manière stérile et impitoyable, symbolisant la froideur clinique de la nouvelle histoire qui allait bientôt éclater dans d'innombrables foyers : Sloane, l'agent littéraire glamour, prise au piège dans un scandale criminel. Elle tenta de ralentir sa respiration, mais elle pouvait sentir le poids qui lui écrasait la poitrine à mesure que la vérité s'imposait à elle. Mais chaque détail — la façon dont les caméras avaient capturé la légère lueur de peur autour de ses yeux, les angles vifs des ombres sur le mur derrière elle — revenait sans cesse dans son esprit. Le monde entier la regardait et avait déjà décidé qui elle était. Pas cette femme qui avait frôlé la ruine financière, qui avait effacé des e-mails comme on efface des empreintes digitales ; juste ce titre à l'écran, une mise en garde contre la perte. C'était plus qu'une simple exposition médiatique ; c'était une humiliation publique qu'elle n'avait pas prévue, du moins pas comme ça.

La tête de Sloane tournait à chaque appel ignoré, à chaque alibi farfelu qu'elle avait inventé avant l'arrestation. Elle pensait au jugement de ses collègues, de ses amis et des passants qui n'avaient jamais connu sa vérité, mais qui allaient désormais voir son visage et penser « honte ». C'était l'odeur stérile de la pièce et le murmure sourd de la technologie qui commençaient à l'agacer. Son esprit était en ébullition : qu'est-ce que cela signifierait pour la mémoire de Julien Vane ? L'homme dont ils essayaient tous deux si vaillamment de contrôler la dernière histoire, dont la mort aurait dû rester enveloppée d'un mystère calculé ? Toutes ces histoires délicates étaient désormais menacées par le regard effronté de la réalité — un spectacle qu'elle savait au fond de son cœur qu'elle n'avait aucun moyen d'arrêter.

Sous son apparence calme, une tempête silencieuse de panique bouillonnait. Elle savait qu'elle n'était pas seulement témoin de son arrestation ; elle assistait au début d'un nouveau combat, où chaque mot et chaque image diffusés pouvaient être utilisés contre elle. Les caméras n'étaient pas des objectifs de vérité, mais de distorsion, et elle ne pouvait rien faire pour les recentrer. L'idée qu'elle puisse encore contrôler l'histoire lui semblait absurde, une chose de plus qui lui échappait à chaque fois qu'elle visionnait ces clips froids et sans compromis.

Quelque part dans une pièce aux murs vitrés, l'équipe chargée de « limiter les dégâts » (ou quelque chose du genre) se mit à agir comme une machine bien huilée qui venait soudainement de réaliser qu'elle ne pouvait pas repousser indéfiniment le jour du jugement dernier. Les voix se croisaient, certaines aiguës et anxieuses, d'autres calmes et insistantes. L'air était lourd, avec une légère odeur de café froid, tandis que le cliquetis des claviers résonnait sur les murs en adobe. Un autre titre fit la une, ajoutant une nouvelle couche de distorsion sur les réseaux sociaux qui transformait Sloane en quelque chose d'inconnaissable à chaque seconde qui passait. L'équipe avait une mission simple : réécrire le récit avant qu'il ne détruise l'héritage fragile dont ils avaient tous besoin.

Ils ont rapidement mis en place des discours alternatifs afin de limiter les dégâts. Un membre de l'équipe a rédigé une déclaration soulignant le dévouement de longue date de Sloane envers la carrière de Julien, qui présentait l'arrestation comme un malheureux malentendu résultant d'un engagement sans faille. Un autre a rédigé des réponses soigneusement formulées à l'intention des journalistes, semant subtilement le doute sur la véracité des accusations et insinuant qu'elles pouvaient avoir un motif caché. De là est née une politique de limitation des dégâts dominée par une seule considération : sauver l'histoire de Julien Vane, et par conséquent le rôle de Sloane dans celle-ci, d'un effondrement précipité. Pour ce faire, ils devaient être capables d'orienter l'opinion publique avec beaucoup de délicatesse, en remplaçant l'animosité par de l'empathie et le scandale par de la tristesse.

Des fictions ont été discrètement intégrées dans des communiqués de presse soigneusement rédigés, et des fils narratifs voilés ont été insérés — des allusions à la pression artistique, aux difficultés de santé mentale et au sacrifice personnel. Et l'équipe s'est assurée que ces informations ne soient pas présentées comme des dommages, mais comme un contexte, dessinant Sloane comme une alliée farouchement loyale battant des ailes au milieu d'une tempête qu'elle ne pouvait contrôler. Les comptes sur les réseaux sociaux étaient surveillés de près, et des réponses étaient rapidement publiées sous les commentaires critiques et les remarques blessantes afin de s'assurer que la conversation ne conduise pas à des suppositions préjudiciables. C'était une entreprise épuisante, mais nécessaire, une réponse frénétique à l'avalanche de révélations qui menaçait de tous les noyer.

Pendant que l'équipe tissait des histoires avec son réseau de mensonges, Sloane était assise seule, accablée par le poids de leurs paroles. Ces mensonges élaborés, qui avaient été inventés pour la protéger, ne faisaient que lui rappeler à quel point ils avaient abandonné la vérité. La frontière entre le réel et l'irréel s'était estompée, et elle se demandait combien de temps encore cette supercherie pourrait passer inaperçue avant que tout ne s'écroule. Mais plus elle restait assise à se regarder à l'écran, plus une chose lui apparaissait clairement : ce combat ne concernait pas sa réputation, mais sa vie.

Pourtant, dans les moments de crise, nous avons tous tendance à oublier à quelle vitesse un récit peut se propager et prendre conscience. Le combat le plus difficile n'est pas simplement celui de limiter les dégâts, mais celui qui se cache derrière toutes ces émotions, tant au niveau individuel que mondial. Entre rester lucide, communiquer ouvertement les uns avec les autres et prendre conscience que la perception est la réalité, cela peut faire la différence entre la dévastation et la reprise.

Mila se tenait juste devant le commissariat, et son corps tremblait légèrement sous l'effet de l'air froid du matin qui lui piquait la peau. Le vent violent semblait emporter le reste de son stress, lui laissant un étrange sentiment de soulagement, qui ne dura qu'un instant. Elle pouvait enfin respirer librement pour la première fois depuis ce qui lui semblait être des heures, sachant que le pire était passé. Les nuages épais et gris étaient bas dans le ciel, menaçant de pluie. Mais dans sa poitrine, elle se sentait étrangement légère, comme si un poids avait été retiré. Elle serra son manteau autour d'elle, les mains tremblantes, et regarda le bâtiment avec un mélange de fatigue et d'incrédulité.

La police l'avait arrêtée, lui avait lu ses droits et n'avait cessé de lui poser des questions. Son cœur battait à tout rompre dans sa poitrine pendant qu'ils fouillaient ses sacs, ses mots oscillant entre vérité et panique. Mais maintenant qu'elle était sur le trottoir, son esprit s'efforçait de comprendre ce qui venait de se passer. Les agents avaient dit qu'ils avaient arrêté quelqu'un. Mais au milieu de tout ce chaos, elle s'accrochait à une petite certitude. Julien n'était pas la personne qu'ils avaient emmenée menottée. Cela ne pouvait pas être lui. Elle le connaissait mieux que quiconque et comprenait ses habitudes, ses petits gestes, et la façon dont il cachait sa douleur derrière un visage calme et impassible. Ce fut un moment de soulagement, mais le doute s'installa aussitôt.

Alors que Mila s'éloignait lentement, ses pas semblaient plus légers, comme si elle sortait d'un cauchemar. Mais ce sentiment de soulagement ne dura pas longtemps. Une sensation nauséeuse lui noua l'estomac, et la culpabilité commença à s'insinuer dans son esprit, vive et incessante. Plus elle y pensait, plus il lui apparaissait clairement qu'ils avaient non seulement arrêté la mauvaise personne, mais qu'ils avaient également emporté le mauvais corps de la scène du crime. Elle regarda ses mains tremblantes et vit à quel point ses doigts reflétaient sa confusion. Son esprit ne cessait de revenir à la bagarre, à la poussée et aux moments de folie juste avant que la tête de Julien ne heurte le sol. C'était un moment de chaos, mais c'était aussi le moment où elle pensait l'avoir fait tomber. Maintenant qu'elle savait, c'était difficile à supporter. Sa tempête de culpabilité était un poids qu'aucun soulagement ne pouvait alléger.

Elle repensa aux preuves : le tissu déchiré de sa manche, sa voix qui s'était brisée pendant la dispute, et le tremblement de sa main lorsqu'elle s'était enfuie de la maison. Chaque petit détail qui lui avait semblé insignifiant auparavant prenait désormais une importance considérable. Elle se souvenait clairement de cette nuit-là : sa voix qui s'était élevée sous l'effet de la colère, la défiance silencieuse de Julien, et la poussée qui l'avait fait trébucher. Était-ce suffisant pour le faire tomber tête la première sur le sol en marbre ? Cette idée lui donnait la nausée. Qu'avaient-ils manqué d'autre s'ils avaient arrêté le mauvais homme ? Quel aspect de la situation sa propre peur et sa culpabilité avaient-elles complètement occulté ? Elle se retourna et regarda le poste de police derrière elle. Elle ne savait pas si elle devait y retourner ou se cacher. Elle ressentait la douleur d'un secret qui pouvait la détruire.

La vérité lui échappait, comme du sable entre ses doigts. Elle savait que la mort de Julien avait été planifiée, mais pas par elle. Elle savait qu'il avait une raison de vouloir partir et de planifier sa propre mort, mais elle ne pouvait pas être sûre que son implication ait quelque chose à voir avec cela ou si cela faisait simplement partie de son jeu compliqué. Ses pensées revenaient sans cesse à ce manuscrit sombre sur lequel Julien travaillait. C'était peut-être sa confession. Il évoquait une vie méticuleusement planifiée, des rêves brisés et reconstruits dans l'ombre. Elle ne se sentirait peut-être mieux que pendant un court instant, puis la culpabilité reviendrait, forte et inévitable, lorsqu'elle réaliserait qu'elle était devenue, sans le savoir, une partie de l'histoire de quelqu'un d'autre, une histoire inachevée qui ne l'incluait pas du tout.

Cet instant, cet air froid du matin et ce bref sentiment de liberté l'affaiblissaient. Elle avait peur de ce qui lui arriverait si elle s'était trompée sur tout, si l'homme à l'arrière de la voiture de police n'était pas Julien. Elle savait que la vérité était plus compliquée que tout le monde ne le pensait. Mais pour l'instant, tout ce qu'elle avait, c'était ce bref moment de liberté. Bientôt, cependant, le poids de son erreur la rattraperait et elle devrait affronter l'horrible vérité : non seulement ils avaient arrêté la mauvaise personne, mais ils avaient également manqué le détail le plus important : la véritable histoire qui se cachait juste sous la surface, attendant d'être découverte ou enterrée à jamais. Elle réalisa que la culpabilité était un fardeau bien plus lourd que le soulagement, et son cœur sentait déjà son étreinte lente et régulière se resserrer autour d'elle.

L'inspectrice Byrne resta sur ses positions et plissa les yeux tandis qu'elle passait les menottes aux poignets de Marie West. Le bruit retentit dans la petite pièce stérile, donnant encore plus de poids à ce moment. Les néons au plafond clignotèrent avant de s'allumer, baignant les deux femmes d'une lumière crue. Une odeur de désinfectant flottait dans l'air, à mille lieues du tourbillon d'émotions qui agitait Marie. Elle semblait presque sereine, mais son visage cachait une grande agitation intérieure. Ses yeux ne trahissaient rien.

Tout autour d'eux semblait plus grand. Les agents qui s'affairaient dans le hall, le bruit sourd des pas sur le linoléum et une imprimante qui imprimait des rapports faisaient tous partie de la scène qui inspirait l'apparition de Marie. Elle avait construit de manière assez critique un mensonge qui pourrait la sauver du pétrin dans lequel elle s'était mise avec Julien. Debout là, la vérité était comme mille aiguilles qui piquaient sa conscience.

Ses doigts tremblaient légèrement, suspendus au-dessus du petit enregistreur qu'elle manipulait distraitement, celui qui représentait pour elle une question de vie ou de mort. Elle prit conscience de la gravité de sa situation, et la peur s'empara de son esprit. Chaque seconde semblait plus longue que la précédente, comme si l'univers se moquait d'elle pour avoir osé prendre les choses en main en ces temps incertains. Les conséquences de ses mensonges menaçaient de l'étouffer, ne laissant que peu d'air à la vérité qui se cachait derrière la surface.

Bien qu'elle fût calme en apparence, une guerre faisait rage en elle. Elle pensait à Julien et à tout ce qu'il avait de bon – son rire, son intelligence –, mais aussi à ce qu'elle décrivait comme mauvais et qui avait conduit au divorce. Elle était comme une tragédienne se dirigeant vers un dénouement inexorable qui allait briser la fragile toile de sa vie. S'accrochant au père qu'elle ne pouvait plus voir, Marie se préparait à ce qui allait arriver à chaque respiration, car les faits concernant la mort de Julien devaient sûrement refléter non seulement son amour pour celui qui ne marchait plus à ses côtés, mais aussi le miroir criant la profondeur de sa peur.

TROISIÈME PARTIE

L'histoire

20

L'HISTOIRE « VOLÉE »

Marie s'agrippait au banc dur et froid de la cellule de détention, son chemisier fin ne pouvant rivaliser avec le métal froid. Les murs stériles pesaient sur elle, dépourvus de couleur et de chaleur, à l'exception du faible bourdonnement d'une lampe suspendue qui luttait pour ne pas s'éteindre. Dans le silence, ses sens étaient en alerte, prêts à capter tout ce qui pouvait se trouver là, au-delà du silence. Il pouvait s'agir d'un léger frottement dans le couloir, du tintement lointain de voix qu'elle ne parvenait pas à distinguer, et du grattement de quelqu'un donnant des coups de pied dans le linoléum avec une chaussure. Chaque son voltigeait à la périphérie de ses sens, telle une fragile vrille à laquelle elle s'accrochait tant bien que mal tandis que son cerveau traitait le vide désorientant qui l'entourait. Le temps semblait s'être arrêté, s'étirant en une immobilité grise et floue tandis que les souvenirs s'entremêlaient et glissaient dans son esprit comme des rubans.

Ses doigts tremblaient légèrement, non pas de peur, mais à cause de sa détermination à se contrôler. Dans le silence, Marie passait en revue les fragments épars des dernières heures : des bribes de conversations, des instants à moitié oubliés ou évités. Dans le brouhaha presque lointain de la ville, audible au-delà des murs de la prison, il y avait quelque chose d'incroyablement distant. Comme si elle vivait dans un monde complètement différent, elle était suspendue entre ce qui s'était déjà produit et ce qu'elle craignait de voir encore révélé au grand jour. L'odeur stérile imprégnait ses vêtements – propre mais implacable –, lui rappelant à quel point cette vie était loin de la normale, loin des couloirs de l'hôpital qu'elle avait autrefois parcourus avec un petit cocktail de calme et de certitude qui la traversait. Elle se trouvait ici, dans ce microcosme gris, seule avec les échos de la présence évanescente de Julien, un fantôme juste hors de sa portée, dans sa tête.

Sa respiration était lente et régulière. Elle ferma les yeux, cherchant à saisir les derniers vestiges de réalité qui pouvaient avoir un sens. L'absence de Julien qui lui pesait sur la poitrine, la honte qui l'envahissait et le sentiment aigu d'impuissance qui avait caractérisé son rôle dans toute cette affaire. La pièce était plus fraîche à présent, comme si les murs absorbaient sa tension et la lui renvoyaient sous forme de vagues physiques. Dehors, la vie continuait : les gens parlaient, faisaient des choix, attribuaient des responsabilités, mais elle était prise dans une zone liminale où rien de tout cela ne pouvait être vrai. La faible odeur de désinfectant se mêlait à l'air vicié, lui rappelant que quelle que soit l'histoire que le monde allait révéler ensuite, Marie se trouvait à la fois en marge de celle-ci et désormais observatrice passive de la complexité baroque du chapitre de sa propre vie qui se déroulait.

En apparence, Marie semblait calme, mais elle était en réalité fragile, comme du verre renfermant la mer. Elle méditait sur son innocence, un mot qui semblait à la fois protecteur et dangereux dans cette cellule. Elle sentait les questions tourbillonner autour d'elle, les suppositions tirées des preuves : la précarité de santé de Julien, l'absence de médicaments, la rapidité avec laquelle sa vie avait pris fin. Parfois, ses souvenirs eux-mêmes lui semblaient horriblement incomplets, et elle commençait à avoir l'impression que quelque chose (quelqu'un) ou même son propre esprit les avaient intentionnellement dispersés, soit par sa volonté, soit par le monde qui observait et attendait. Elle se disait que sur la scène de la réalité, les apparences comptaient pour tout. Ce qu'elle recherchait se trouvait sous des couches de peur et de regret : la honte d'avoir causé la détérioration de Julien et l'humiliation d'avoir échoué dans son domaine lorsque sa façade professionnelle s'était effondrée.

La pression du confinement pesait sur elle, physiquement et émotionnellement. Être coupée des personnes qu'elle aimait et du rythme chaotique mais familier de sa maison lui semblait être une punition supplémentaire. C'est ce silence qui lui permettait de réfléchir aux derniers instants de Julien et à ce qu'il attendait de nous tous. Il lui permettait également de s'interroger sur l'injustice cruelle qui faisait que les bribes de vérité restaient hors de portée, cachées derrière un écran fragile, comme si elles avaient été dissimulées intentionnellement. Pour Marie, ce n'était pas une réponse. Cependant, une menace, un présage de l'obscurité qui planait sur son destin, attendant d'être dévoilé par d'autres qui aspiraient à contrôler le récit. Il y avait une lueur d'espoir que le vide la sauverait de jouer un rôle dans l'histoire qu'ils s'apprêtaient à lui imposer, même si cela devait lui coûter cher en termes de paix intérieure.

Une sorte de défiance s'éveilla au plus profond d'elle. La fin appartenait entièrement à Julien, un acte soigneusement mis en scène. Le travail de Marie n'était pas la cause impie ; c'était plutôt la scène déplaisante où elle n'était pas l'actrice, mais le public, enfermée dans un coffre-fort et obligée de regarder le monde présenter sa version de la réalité sans avoir son mot à dire. Dans cet étrange entre-deux, elle se concentrait sur les moindres détails — l'écho d'une voix, le craquement d'une planche, le changement d'atmosphère — qui pourraient un jour faire la différence. Jusque-là, elle gardait le silence, ferme et distante, hors d'atteinte, gardienne d'un secret qui devait lui appartenir seule.

Sloane se trouvait dans les décombres de sa carrière, amaigrie et en sueur. Il y avait des papiers froissés et de vieux manuscrits poussiéreux, et l'air sentait le papier brûlé. Secouant les mains, elle regarda les cendres qui représentaient autrefois ses objectifs et ses rêves : des morceaux carbonisés de ce qui était autrefois ses convictions. Cela ne semblait être qu'un désastre silencieux, un désastre dont chaque partie de son ancienne vie était l'épave et la ruine. Elle sentait ses échecs peser sur elle et la comprimer comme un corset, lui serrant la poitrine et lui brisant la volonté.

Dans le calme et le vide de ces heures, elle ne pouvait plus échapper à la vérité. Tout ce pour quoi elle s'était battue, tout ce qu'elle avait construit de ses propres mains, n'était plus que poussière et cendres, irrécupérables. Son nom avait autrefois une signification dans le monde littéraire, il était synonyme de perspicacité et de convictions inébranlables. Aujourd'hui, personne ne se souvenait d'elle autrement que comme une agente sur le déclin. Son nom s'était évanoui avec le dernier vestige de son espoir. Tout ce qui avait compté autrefois semblait désormais si insignifiant, et cela la choquait. Tout son génie, tout son réseau de contacts ténu, toutes les larmes ravalées lors des débats houleux qui constituaient la fragile façade de son succès avaient désormais disparu, engloutis par le temps et ses mauvais choix.

Leur absence était palpable dans chaque recoin de son esprit. La mort de Julien, le tumulte qui s'en était suivi et son propre sentiment d'inutilité s'étaient mélangés pour former un miasme de regrets. Elle s'était accrochée à l'idée que son travail pourrait d'une manière ou d'une autre la définir, mais elle savait désormais que rien de tout cela n'était réel. Ce n'était pas le genre d'impact qui s'enflamme soudainement, mais plutôt une érosion progressive de sa réputation et de sa raison d'être. Tout le reste de son héritage n'était plus que des éclats brisés jonchant le sol, comme ce qui reste après qu'une flamme s'est éteinte. Son histoire n'était plus que cendres, et ce qui lui donnait sa valeur, aussi fragile que du papier, s'était effondré.

Mila apprend que son manuscrit a été publié, figée sur place. Les mots qu'elle avait laissé s'échapper de ses doigts avaient été libérés dans le monde, ici même, sur ces pages qui lui avaient échappé. Son cœur battait à tout rompre, dans un mélange tumultueux de fierté et d'effroi. Bien sûr, ce n'était pas n'importe quel manuscrit ; c'était le dernier ouvrage de Julien, les sombres confessions qui la tourmentaient depuis sa mort. Qui mieux qu'elle savait qu'il avait écrit sa propre histoire, une histoire de trahison, de manipulation et de conséquences irréversibles ? Mais, dans son zèle, elle était rongée par la culpabilité ; elle avait l'impression de parader avec un fantôme, de tirer les ficelles dans les coulisses du dénouement tragique de Julien.

Son esprit était envahi par les images de la dispute, cette altercation houleuse qui avait brisé le fragile vernis d'affection et de camaraderie professionnelle qui les unissait. Mila ressentait encore le froid mordant de la peur de cette nuit-là, le regret qui s'était insinué en elle à chaque heure qui passait. Dans son empressement à se frayer un chemin, elle avait volé ce manuscrit, pensant qu'il allait lancer sa carrière. Mais, elle comprit qu'il s'agissait d'un vestige d'une vie fragile, que Julien aurait préféré voir disparaître. Elle devait désormais affronter la réalité de voir ses mots se transformer en histoires qu'elle n'avait jamais eu l'intention de raconter.

La nouvelle de sa publication provoqua un véritable tollé. Ses amis écrivains lui envoyèrent des SMS enthousiastes, s'extasiant sur ce formidable roman traitant de sexe et de drogue qui faisait désormais parler de lui dans tout New York. Mila était extatique. Les critiques se sont empressés de démolir les idées de Julien dans la presse, qui portait désormais ses empreintes, ainsi que les traces d'une trahison qu'elle ne pourrait peut-être pas supporter. Les critiques étaient enthousiastes ; Mila sentait le poids de la perte lui serrer la poitrine. Même avec les articles élogieux qui remplissaient les pages des magazines et les plateformes numériques, elle pouvait pratiquement entendre la voix lointaine de Julien résonner en elle, en fonction de ses actions.

La tempête ne faisait que commencer. À mesure que les secrets de son manuscrit étaient révélés au monde, son trouble intérieur s'amplifiait. À chaque critique qui louait la noirceur et la complexité des personnages de Julien, Mila réalisait qu'elle était là, à la fois en tant qu'amante et voleuse.

Son besoin de raconter sa version des faits ne faisait que s'intensifier, entrant en conflit avec le fait que dire la vérité pourrait démanteler la mythologie personnelle qu'elle s'efforçait tant de construire. Prise au piège entre loyauté et ambition, la femme qu'elle voyait était à peine reconnaissable dans son reflet trouble, coupable comme le péché, tournoyant dans un maelström de sa propre création.

Cet enthousiasme pour le talent littéraire de Julien m'a autant bouleversé que ce que j'avais moi-même ressenti. L'ambition de Mila s'exprimait désormais, mais elle était aussi hantée. Son désir de laisser sa marque ressemblait à une marche sur une corde raide au-dessus d'un gouffre de doutes. La magie noire de son manuscrit avait changé son monde. Elle était assise là, chaque mot étant lu par un public avide des pensées qui semblaient imprégnées de la tragédie de leur créateur. Et certains d'entre eux avaient-ils seulement conscience du prix à payer alors qu'ils s'extasiaient devant son talent ? La frontière entre hommage et exploitation était devenue si mince qu'elle en était gênante, jetant une ombre immense sur les choix qu'elle avait faits avec tant d'angoisse.

Un tourbillon révéla des surprises les unes après les autres. Les amis se transformèrent en pseudo-amis, animés par une curiosité insatiable concernant la tragédie. La confiance se transforma en suspicion lorsqu'ils se demandèrent si ce « nouveau classique » était vraiment l'idée de Julien ou un coup de poignard dans le dos de Mila. Les rumeurs sur son implication dansaient au rythme des éloges sur l'œuvre. Chaque remarque sur le génie de Julien enfonçait davantage les éclats de son cœur. Chaque éloge était aussi un chant funèbre pour une vie fauchée trop tôt, tout cela pour une histoire qui serait à jamais entachée de sa propre noirceur – une transaction si fragile qu'elle pouvait s'effondrer à tout moment.

Dans ce jeu de loyauté et d'ambition, elle gagnait le monde et se perdait elle-même. Il n'y avait aucun doute sur le sentiment enivrant de pouvoir : les éditeurs venaient la courtiser, impatients de capitaliser sur le drame entourant la mort de Julien et de la commercialiser comme la muse déchue. Leurs conversations torrides étaient encore plus sensuelles. Mais, au milieu de tout ce faste, un profond vide la rongeait. Les questions sur sa culpabilité la tourmentaient un peu trop, menace omniprésente d'un jeu qui ne ressemblait plus à une forme d'art, mais plutôt à une compétition prédatrice.

Chaque fois qu'elle voyait les couches culturelles de son histoire se dévoiler, il lui apparaissait de plus en plus clairement que le silence n'était pas une option. Et le manuscrit lui offrait plus qu'une simple plateforme littéraire ; il lui donnait l'occasion d'affronter enfin la vérité derrière les derniers adieux douloureux de Julien et de démêler son intricate toile de mensonges. Mais, quelle vérité pouvait-elle révéler, ou même voulait-elle révéler ? Sa quête pour créer un héritage était désormais à jamais liée à celle de Julien. Les deux facettes du succès volé qu'elle avait connu la traversaient avec autant de force que le sentiment d'aliénation qui résonnait dans son vide. Combien de temps pourrait-elle continuer à naviguer dans cette tempête qui agitait son esprit tourmenté ?

L'obscurité recouverte d'ambition et de culpabilité était étouffante, mais au fond d'elle-même, une braise brûlait : une lueur d'espoir de rédemption trouvée à travers ces pages. C'est à voix basse que Mila réfléchit à la direction qu'elle allait prendre et fit passer le cœur même de la vérité dans son histoire. Ces pages allaient devenir le vecteur de son chagrin, un moyen d'affronter la vérité obsédante du génie de Julien et le prix de leur destin commun. Elle comprit que même si le chemin serait difficile, elle pouvait prendre la plume et consigner son propre héritage, ou laisser les autres noter leur mensonge à sa place – une illusion que la réalité ne pouvait tolérer.

Dans le brouhaha de la salle d'interrogatoire, l'inspectrice Byrne se cala dans son fauteuil. Il lui avait fallu plusieurs jours pour comprendre que Marie West était une épouse à bout de forces, prête à tout pour sauver son mari mourant, qui luttait contre le déclin insupportable de Julien. Mais, il y avait aussi des indices que personne n'avait remarqués : de légers signes laissant entrevoir une rage bouillonnante sous la façade impeccable de Marie. Ce n'était pas seulement la honte ou la peur professionnelle qui la motivait ; il y avait une colère brute et brûlante, enfouie sous des couches de calme clinique. L'esprit de Byrne s'embrouilla lorsqu'elle rassembla ces moments qui, en surface, semblaient insignifiants : la mâchoire serrée lorsqu'elle les interrogea pour la première fois ; la façon dont les yeux de Marie s'alourdissaient à la mention de Julien ; la façon dont les recherches frénétiques dans les registres de médicaments semblaient désormais moins relever d'une inquiétude innocente que d'un besoin psychologique de contrôle.

Il s'est avéré que la colère de Marie n'était pas seulement due à la dégradation physique continue de Julien : elle était motivée par autre chose. C'était l'impuissance écrasante qu'elle cachait à tout le monde, même à elle-même, et qui se retournait furieusement contre elle. Sa rage n'était pas dirigée contre la maladie, mais contre le refus de Julien de s'éteindre en douceur, contre les secrets qu'il cachait et contre la façon dont son génie déclinant semblait désormais lui reprocher son échec. Byrne lui a donné le temps de réfléchir à des détails : la façon dont Marie avait déchiré ses écrits personnels, le temps qu'elle passait parfois trop longtemps dans son bureau, et l'odeur des vêtements sales et de l'antiseptique qui trahissait quelque chose de plus profond que l'agitation. Mariene cherche pas seulement à protéger sa réputation ; elle cherche des moyens de reprendre le contrôle d'une vie qui lui échappe.

À partir de là, tout change pour Byrne. Marie n'était plus seulement l'épouse stoïque. Elle était une femme en proie à une violente bouffée d'émotion qui s'était laissée aller à faire ce qu'elle devait faire pour faire taire non seulement le corps de Julien, mais aussi sa voix. La rage bouillonnante que Byrne avait perçue laissait entrevoir une possibilité effrayante : cette fureur avait-elle incité Marie à franchir une ligne rouge ? Si tel était le cas, le récit bien ordonné des causes naturelles s'était rapidement effondré, laissant place à quelque chose de beaucoup plus sombre et personnel que ce que quiconque était prêt à dire.

Le monde de Mila Novak s'écroulait cependant avec une force qu'elle n'aurait jamais osé imaginer. La culpabilité la rongeait de toutes parts, empoisonnant chacune de ses pensées après la terrible dispute lors de laquelle Julien avait été blessé à la tempe. Un moment de tension avait créé un chantage : le secret qu'elle détenait désormais sur le dernier manuscrit encore caché de Julien. Les pages étaient crues et confessionnelles, pleines de vérités indéniables qui, si elles étaient rendues publiques, pourraient détruire plus qu'une réputation. Le manuscrit n'était pas une chute de grâce insignifiante ; c'était une confession tactique de manipulation et de cruauté, habillée du génie de Julien. Mila possédait une clé dangereuse, et elle la tournait nerveusement entre ses mains, sachant que l'ouvrir pourrait faire ou défaire sa carrière.

Dès que les médias ont eu vent de la participation de Mila, la réaction a été immédiate et impitoyable. Les manchettes tapageuses ont crié son implication dans toute cette affaire, la présentant comme la maîtresse sans scrupules qui aurait pu comploter le meurtre de Julien ou, à tout le moins, avoir pris part à un secret mortel. Les réseaux sociaux ont vu fleurir toutes sortes de théories, des extraits d'interviews extrapolés en récits accablants et de vieilles images ressorties pour semer le scandale. Le vernis soigneusement appliqué par Mila s'est effrité sous les projecteurs, révélant une culpabilité longtemps enfouie que les lecteurs en extase ignoraient qu'ils voulaient lui faire ressentir, ainsi que la femme d'affaires coriace qu'ils adorent voir recevoir son châtiment. Chaque nouvelle rumeur ajoutait une couche supplémentaire d'intrigue, obscurcissant les véritables événements au milieu d'une mer de conjectures.

La révélation de ce secret a brisé des alliances fragiles et transformé tous les personnages en personnalités publiques sous le regard oppressant des médias. Son chantage, une lutte privée pour la survie et l'héritage, mais pas exactement pour la liberté, a enflammé ou provoqué une crise plus conséquente qui a bouleversé la vie de son entourage. Le chaos discordant a démontré sans ambiguïté que la mort de Julien n'était plus seulement une énigme pour la police ; elle s'était transformée en un spectacle, déformant la réalité jusqu'à ce que personne ne puisse plus distinguer la vérité du mensonge. La frénésie médiatique n'était pas seulement du bruit, c'était une arme qui déformait les motivations des personnages et les poussait vers des secrets qui pouvaient tous les détruire.

21
LES FUNÉRAILLES

(DEUX JOURS PLUS TARD)

Lors des funérailles de Julien, Marie est assise sous un voile pâle et délabré dont les plis plumeux effleurent ses joues alors qu'elle tente de ne montrer aucune émotion. Son visage, qui semble exprimer l'indifférence, révèle en réalité une vérité plus profonde ! Au lieu d'une toile vierge, tout ce que nous pouvons y voir, c'est la décision de rester immobile. Son souffle est imprégné de lys et de terre humide, dont le parfum embaume l'air froid tandis que les personnes en deuil chuchotent derrière leurs masques fragiles et leurs visages couverts. Le public est silencieux, chacun perdu dans ses propres pensées, les yeux brûlants d'empathie, de jugement ou d'apathie. Leurs yeux suivent Marie, certes, mais il y a aussi une part palpable de jugement dans leurs regards, comme si sa simple présence était une sorte d'énigme à résoudre. Elle sait, sous l'apparente solidarité d'un chagrin partagé, qu'ils la perçoivent comme quelque chose d'autre, quelque chose de plus sombre, de plus fragile, voire de suspect.

Et à ce moment-là, les pensées de Marie reviennent sur son propre rôle secret dans le dernier geste de Julien — le rôle qu'elle a joué, volontairement ou non, dans l'histoire qu'il s'apprêtait à raconter. Elle est très loin du cabinet médical où elle travaille actuellement, s'étant lancée dans des funérailles et revêtue d'un costume de deuil. Un voile cache la majeure partie de son visage, mais sous celui-ci, on devine une tension inexprimée dans sa mâchoire et un léger tremblement dans ses mains. On lui a conseillé d'être forte, de paraître sereine, mais sa tête est envahie de questions. Ont-ils entendu son cœur résonner comme une alarme désespérée ? Y avait-il une légère lueur de doute dans son regard pénétrant ? À l'extérieur, ils voient une femme en deuil, mais à l'intérieur, il y a un réseau complexe de vérités, de tromperies et de terreurs en suspens. Son statut de paria – volontaire – d'étrangère contrainte à entrer dans le monde du deuil semble presque être une fatalité, chaque pas qu'elle fait loin de la foule lui donnant l'impression d'être une exilée de sa propre vie passée.

Au milieu des personnes en deuil qui chuchotent derrière leurs masques élaborés, Marie est à la fois détachée et trop sensible. Elle accomplit le rituel dans un état engourdi et lourd, tout devenant très net dans ses sens, ce qu'elle aurait autrement manqué. La fraîcheur de la dalle de marbre contre ses doigts, le léger parfum de jasmin et de papier moisi qui flotte dans l'air autour d'elle... Ces sensations sont aussi réelles pour elle que tout ce qu'elle peut imaginer. Son regard se pose sur le cercueil fermé de Julien, signe d'une fin qu'elle ne peut s'empêcher d'associer aux secrets qu'elle sait enfouis au plus profond de lui... et d'elle-même. Tout le monde ne parle que de cette terrible tragédie ; chacun tente de lui donner un sens, par des mots ou par le silence, mais elle sait que la vérité est bien plus compliquée. Quelque chose en elle lui dit qu'elle la défendra à tout prix – quel que soit le prix à payer – et cette réputation est tout ce qui lui reste.

Ils la décrivent comme une paria, une femme rejetée par la communauté même qui louait autrefois son intelligence et son sang-froid à toute épreuve. Son travail de cardiologue ne lui apporte ici aucun réconfort. Cette femme, réputée pour sa précision et son sang-froid, se sent désormais nue et vulnérable sous son apparence calme. C'est comme si tous les regards de la foule étaient des projecteurs, des projecteurs, et vous entendrez un secret chuchoté qui sera son plus sombre. La seule chose qui la maintient à flot est la certitude que, même si elle est peut-être innocente dans la mort de Julien, celle-ci sera écrite à ses côtés. Elle a habilement construit son récit, présentant la mort de Julien comme inévitable et naturelle, tout en affirmant qu'elle n'y est pour rien. Mais derrière ce masque impassible, elle craint que la vérité ne se dévoile peu à peu et n'en révèle plus qu'elle ne le souhaite.

Sloane se tenait à la porte du funérarium et regardait autour d'elle avec un désintérêt délibéré. Le décor gris convenait à l'ambiance triste, mais elle ne se sentait pas triste du tout. Au contraire, son esprit passait en revue la liste des choses qu'elle devait faire pour maintenir l'image soigneusement élaborée qu'elle s'était créée. Elle lissa son blazer, qui était parfaitement propre et lisse, comme si elle resserrait son armure contre les émotions qui l'entouraient. Les amis et la famille se sont rassemblés, le visage déformé par la tristesse, et l'air était rempli de chuchotements et de murmures. Sloane a noté les détails, comme le fait que quelqu'un tenait un mouchoir et que sa voix tremblait de manière irrégulière. Ce n'était pas le moment de partager son chagrin.

Elle se fraya un chemin à travers la foule, saluant rapidement les gens d'un signe de tête, comme si elle exécutait une danse rituelle, et elle arborait toujours un sourire froid. Elle n'aimait pas Julien Vane, l'homme décédé, mais ils devaient être ensemble. Ils collaboraient depuis des années dans le monde imprévisible de l'édition, mais leur relation avait toujours été purement professionnelle. Sloane changea d'avis et décida de garder ses émotions sous contrôle tout en conservant une attitude professionnelle. Il n'y avait aucune raison pour que la tristesse du moment transparaisse à travers le voile qu'elle portait.

Sloane ajusta le micro lorsque ce fut son tour de parler. Son cœur battait régulièrement. La foule était silencieuse, lourde de chagrin et d'anticipation. Sa voix était ferme et calme, mais elle avait une intonation troublante. Elle commença par dire que Julien était un génie créatif, et les mots sortirent d'une manière si calme qu'elle-même en fut surprise. Elle raconta quelques anecdotes bien connues, en veillant à choisir celles qui ne montraient que l'excellence de son travail et non sa personnalité.

Les mots étaient à la limite d'être trop respectueux, mais quiconque écoutait vraiment pouvait entendre le ton calculé. Son travail a changé la vie des gens. Il avait une compréhension profonde, bien que complexe, des sentiments humains. Il avait traversé des moments éprouvants, et cette lutte occupait une place prépondérante dans son art. Chaque déclaration avait un but : créer une histoire qui faisait allusion à la tragédie et amenait le public à considérer la mort de Julien comme un sacrifice artistique. Sloane voulait perpétuer son héritage en racontant l'histoire de cette manière. Il voulait s'assurer que l'attention reste focalisée sur l'œuvre et non sur les problèmes qui les avaient tous amenés ici aujourd'hui.

Alors qu'elle poursuivait son discours, son esprit s'emballait à l'idée de ce que cet événement pouvait signifier. Cet éloge funèbre était l'occasion de changer la façon dont les gens la percevaient et de raconter l'histoire d'une manière qui correspondait à ses intérêts. Elle évoqua le stress auquel les artistes doivent faire face, ce qui donnait l'impression que le dernier geste de Julien était davantage une fuite qu'un appel à l'aide. Certaines personnes dans l'assistance acquiescèrent, tandis que d'autres se regardaient avec un air perplexe. Après tout, qui étaient-ils pour douter que l'art puisse aider les gens à faire face à certaines situations ? Sloane descendit de l'estrade, envahie par un mélange de bonheur et de culpabilité. Même si cela signifiait renoncer à une partie de la vérité, son rôle en tant que personne ayant rassemblé cette histoire avait renforcé la mythologie de Julien.

Mila était la seule personne présente autour du cercueil en chêne poli, et les murmures des personnes en deuil lui semblaient aussi lointains qu'une brise venue de nulle part. Elle fixait un point lointain, mais son regard était perçant, comme si elle voyait quelque chose que personne d'autre ne pouvait voir. Les mains de Mila tremblaient légèrement, signe qu'elle ressentait plus que de la tristesse banale. Se sentait-elle coupable ? Avait-elle besoin d'aide ? Peut-être les deux. Cela transparaissait derrière son visage serein, un mince masque qui la maintenait immobile tandis qu'elle observait les visages agités, les épaules tremblantes et les murmures étouffés autour de la mort de Julien. Chacun racontait sa propre version des faits, mais Mila savait qu'aucune n'était juste.

Elle pouvait entendre des bribes de conversation. Une personne pensait qu'il s'agissait d'un accident, une autre pensait que c'était un suicide, et une troisième pensait que c'était une mort naturelle. Aucune de ces pensées ne touchait vraiment à l'essence même de ce que Julien avait fait. Elle avait promis au mort dans son cœur que la vérité resterait secrète. Les gens la regardaient parfois et se demandaient quelle était la relation entre elle et Julien. Mais, Mila ne bougeait pas et ses yeux étaient difficiles à déchiffrer. Derrière ces yeux se cachaient de nombreuses informations qui rendaient le monde à la fois lourd et étrangement vide. Elle était la seule à avoir entrevu ce qui se cachait derrière le rideau ; les autres étaient trop occupés par leur propre vie pour s'en apercevoir. Au sein de ce groupe de soi-disant amis et famille, elle se sentait à la fois invisible et complètement exposée.

L'air était vif, avec la douce fraîcheur du début de l'automne mêlée à l'agréable parfum des fleurs fraîches et du bois poli. Le calme des funérailles ne correspondait pas à la fureur qui l'habitait. Chaque théorie chuchotée et chaque regard en coin lui semblaient être une accusation ou une question à laquelle elle n'était pas prête à répondre. Mila ressemblait à feu couvant au fond de la pièce, dont personne ne voulait s'approcher. Elle me rappelait que la vérité est parfois obscure et qu'elle ne doit peut-être pas être entièrement connue.

Mila prit une ample inspiration plus tard dans la cour tranquille. Il y avait beaucoup de journalistes et de caméras à proximité, tels des vautours, et ils cherchaient tous des solutions simples à un sujet complexe. Elle se sentait prisonnière entre deux forces invisibles : l'une cachée . En effet elle ne disait rien, et l'autre évidente puisqu'elle était la seule à connaître la vérité qui se cachait sous la jolie surface. Le parfum de la terre humide collait à ses chaussures et se mêlait à l'odeur des fleurs écrasées qui commençaient à se faner. Le jardin était vide maintenant que le temps avait passé. Les ombres s'allongeaient à mesure que la lumière déclinait. Elle pouvait réfléchir à ce que cela lui coûterait de rester silencieuse ici, loin des yeux vitreux et des microphones qui étaient toujours à l'affût.

La mort de Julien était déjà en train de se transformer en autre chose : un scandale, un fait divers, ou une tragédie planifiée. La vérité qu'il avait laissée derrière lui était impénétrable et trop complexe pour que quiconque puisse la comprendre. Mila la ressentait comme une douleur sourde, comme une blessure que personne d'autre ne pouvait voir. Le dernier acte n'était ni un meurtre, ni un accident, ni un cri de tristesse. C'était un choix prémédité, la dernière œuvre d'art d'un homme qui voulait changer le cours de l'histoire même après sa mort. Elle pensa au manuscrit volé qui était enfoui au fond de sa valise. C'était une confession directe qui pouvait tout détruire. Mais, elle le conservait précieusement, sachant à quel point cela pouvait être néfaste pour l'héritage de Julien et pour le sien.

L'air sentait le bois humide et la boue, et les fleurs fanées dégageaient un parfum à la fois sucré et amer, qui me rappelait des temps meilleurs. Mila pouvait presque entendre les paroles de Julien à travers le bruissement des feuilles. C'était ce ton glacial et précis qui l'avait attirée et maintenue dans ce jeu risqué. Elle connaissait le secret qui ruinerait les belles histoires que tout le monde racontait, mais l'admettre signifierait ruiner l'histoire à laquelle les gens voulaient croire. Elle restait donc en retrait, témoin à la fois protégée et accablée par son silence. Le jardin était à la fois un lieu sûr pour elle et une prison. Le soleil se coucha, et la vérité s'installa comme des feuilles qui tombent. Seuls ceux qui avaient l'audace de regarder de près pouvaient la voir.

Pour se rapprocher de la vérité, il fallait trouver le juste équilibre entre être vue et passer inaperçue. Mila savait que parfois, la meilleure histoire est celle qui n'est pas racontée, celle qui reste cachée aux yeux de ceux qui voient trop mais ne parlent pas assez. Dans ces moments-là, ce n'était pas le bruit de la foule ou les flashs des appareils photo qui faisaient d'elle ce qu'elle était. Non, il s'agissait de sa détermination inébranlable à porter le poids d'un secret qui ne pourrait jamais être révélé en toute sécurité. Pour rester en vie, elle devait parfois se cacher à la vue de tous, observant et comprenant comment le monde racontait sa propre histoire convaincante sous son regard blanc.

Le détective Byrne se fraya un chemin à travers le groupe, le regard vif et alerte. Puis, le silence gênant qui s'installa dans leur salon comme un épais brouillard ne fut que pâle comparaison avec les murmures et le froissement des vêtements noirs lors des funérailles. Elle pouvait sentir un courant sous-jacent de sentiments juste sous la surface, une mer agitée prête à déborder. Les femmes étaient regroupées par petits groupes, le regard sournois et méfiant, et le clignement de leurs yeux trahissait une conscience de culpabilité, de peur ou de haine. Chaque petit mouvement – une agitation nerveuse, un regard rapide détourné – indiquait à Byrne qu'il y avait plus derrière leurs voiles qu'elles ne voulaient bien le laisser paraître. Elle observa certaines femmes serrer des mouchoirs ou leurs sacs à main, comme si elles essayaient de garder le contrôle grâce à de petits objets physiques. Pour elle, ce qui ressemblait à du chagrin était en réalité une multitude de couches signifiant quelque chose de plus sombre, un vernis fragile qui pouvait se briser à tout moment.

À ses yeux, l'assistance était un véritable nid de vipères composé de femmes qui souriaient toutes en prononçant des paroles douces. Elles tournaient autour des mêmes sujets sans risque – la vie de Julien, son travail, sa mort soudaine –, mais elle sentait sous-jacente une vague toxique de suspicion et d'hostilité. Les funérailles, qui étaient censées être un hommage silencieux, ressemblaient davantage à une scène où des secrets qui aspiraient à être révélés se livraient bataille. Byrne observait la femme, Marie, qui se tenait discrètement, bien que ses yeux fussent remplis d'une agitation latente. L'agent, Sloane, restait calme en apparence, même si Byrne avait brièvement détecté une lueur de désespoir derrière son masque impassible. Mila, l'amoureuse, semblait plus fragile et nerveuse, moins maîtresse d'elle-même. Chaque femme évaluait secrètement les autres, pesant les valeurs et les secrets de leurs alliés et ennemis silencieux.

Elle réfléchit à la façon dont les funérailles étaient devenues un champ de bataille si délicat, où les allégeances pouvaient changer en un instant. Il y avait une véritable tristesse sur les visages des femmes. Cependant, leur chagrin était mêlé à autre chose, peut-être de la honte, de la culpabilité de ne pas pouvoir affronter la vérité. Dans cet espace fragile, les mensonges pouvaient être déguisés en sincère deuil. Byrne savait que sous le vernis de l'amitié, de minces jalousies et des rancunes de longue date couvaient juste sous la surface, contournant un feu retenu sous une fine couche de neige. La mort de Julien était devenue plus qu'une fin ; c'était un mystère qui révélait les vérités laides et compliquées qui se cachaient en chaque femme, des vérités qui pouvaient éclater à tout moment si quelqu'un les poussait un peu trop loin. Les funérailles devinrent un exercice périlleux, chaque femme sachant qu'un mot ou un geste de plus pourrait détruire ce qu'elles avaient travaillé si dur à réprimer.

La scène était tendue, et Byrne le savait, ce sentiment lui était parfois plus familier qu'ailleurs : observer et écouter, rassembler toutes les pièces d'histoires qui comportaient autant de lacunes que d'éléments révélés. Son œil exercé repéra des détails subtils : les poings serrés de Mila, qui tenait son sac à main avec une ténacité féroce ; le sourire figé de Sloane qui n'atteignait pas ses yeux ; Marie, debout au garde-à-vous, mais réprimant une panique évidente. Tous ces indices subtils indiquaient qu'aucune de ces femmes n'était simplement une innocente personne en deuil. Leur comportement, caractérisé par une incapacité à croiser le regard des autres ou par un déluge de larmes, révélait qu'elles cachaient des secrets récents. Byrne avait déjà observé cette tendance : le chagrin brouille les frontières entre culpabilité et innocence, transformant les amis en ennemis en un instant. La vérité était enfouie sous tous leurs masques, et elle était là pour les retirer un à un, aussi ardu et dangereux que cela puisse être.

Dans chacun de ces cas, Byrne a remarqué que les apparences ne révélaient qu'une infime partie de la vérité. Sous le vernis de ces sourires bien composés, chaque femme cachait ses propres motivations, ses propres mensonges qu'elle dévoilerait le moment venu. Son instinct lui disait que les funérailles n'étaient en réalité pas la fin de quoi que ce soit, mais plutôt le prélude mis en scène à quelque chose de bien plus sombre. Certaines femmes pouvaient se disputer au sujet de l'héritage, d'autres au sujet de la honte ou de la culpabilité qu'elles niaient. Byrne soupçonnait que deux d'entre elles pouvaient cacher un secret encore plus perfide sous leur chagrin, un mensonge si fondamental qu'il changerait tout s'il était révélé. La combinaison des émotions, des motivations étouffées et des dangers tacites faisait de cet événement un terrain fertile pour les secrets. Byrne savait que la véritable affaire se déroulait sous ses pieds, dans les silences entre les mots, là où il était mis à nu et où Fortuna avait formé un nid de vipères.

22

L'ENREGISTREUR

Marie était assise dans le bureau plongé dans la pénombre et ressentait des vagues de nostalgie et de tristesse. Les étagères ployaient sous le poids des œuvres littéraires de Julien. Des grains de poussière virevoltaient dans les rayons du soleil qui se faufilaient à travers les rideaux entrouverts. Elle inspira, laissant le parfum chaud du vieux papier et du café froid l'envahir. À chaque feuille de papier froissée et chaque livre aux pages cornées qu'elle rangeait dans un carton, elle sentait un autre morceau de son passé s'effriter.

Elle ne parvenait pas à se débarrasser du sentiment d'isolement qui s'était installé dans sa poitrine. Il y avait la joue de Julien alors qu'elle se frayait lentement un chemin à travers le désordre. Chaque objet – une tasse à café tachée d'un vieux café, une machine à écrire dont les touches n'étaient plus lisibles, des pages volantes de manuscrits griffonnés à l'encre rouge – était une histoire, un petit morceau de la vie qu'ils avaient autrefois partagée. Des souvenirs lui revinrent, à la fois doux et amers, mêlés à la douleur aiguë de la perte. Elle s'arrêta, ses doigts effleurant un cadre qui contenait autrefois leur photo de mariage. Elle crut presque entendre le rire de Julien dans la pièce, un rappel cruel de ce qu'elle avait perdu.

Alors qu'elle rangeait soigneusement les papiers dans des boîtes, la main de Marie tomba sur quelque chose d'étrange : un petit objet froid coincé entre deux liasses de papier. Cela éveilla son intérêt et elle sortit un enregistreur vocal, marqué par une série de longues rayures profondes qui semblaient l'avoir traversé à travers les âges. Qu'est-ce que Julien avait bien pu enregistrer ? Son cœur battait la chamade alors qu'elle le tenait dans sa main, un peu familier et pourtant étranger. Elle prit une inspiration nerveuse et appuya sur le bouton « play », et l'appareil s'alluma.

Il y a un vide étrange qui se crée lorsque Sloane Porter entre dans une pièce : un manque de présence et de voix. Contrairement à la tension palpable qui anime Marie, Mila et même le détective Byrne, Sloane n'est pas une actrice prise dans la tourmente soudaine provoquée par la mort de Julien Vane. Elle n'est pas en proie à un chagrin déchirant, à un sentiment de culpabilité écrasant ou à une quête effrénée de réponses. Elle ne l'est pas ; elle reste en retrait, reflet sombre de ce moment dont l'importance est discrètement effacée. L'urgence, les souvenirs brisés et les émotions confuses qui suivent le dernier acte de Julien semblent la dépasser, laissant ces histoires inachevées dans ce cadre. L'absence n'est pas un manque, mais un vide, une omission dans l'histoire qui, ailleurs, fourmille de voix concurrentes.

Sloane's est une histoire de contrôle et de calcul dans un monde qui se déroule en coulisses, loin du chaos qui règne immédiatement après les événements. Sa chute dans la pauvreté et ses tentatives désespérées pour rétablir la réputation de Julien se déroulent ailleurs, dans des couloirs sombres où Marie hésite, indécise, ou où Mila s'empare de manuscrits en ruine. Si Mariereprésente le besoin frénétique de protéger sa réputation et Mila la panique et la trahison, Sloane incarne la survie méthodique et froide, une équation glaciale qui n'est pas encore présente dans ces heures brutales de chaos émotionnel après la mort de Julien. Aucun enregistreur ne s'allume dans le calme pour elle ; aucune confession ni aucun regret ne s'échappe de ses lèvres au moment critique. Son absence dans ce chapitre n'est un détail que par son absence même : une lettre non lue parmi la pile, un motif fantôme libre de murmurer ailleurs.

Son rôle dans cette seconde est de rappeler gentiment que chaque histoire comporte des pages manquantes et que chaque côté recèle des zones d'ombre. Alors qu'elle est plongée dans le mystère plus vaste de ce qui s'est passé à la fin de Julien, la voilà à nouveau bloquée à l'extérieur de la pièce où la vérité est révélée, une protagoniste muette attendant le moment propice pour dévoiler ce qui était autrefois caché. Les lecteurs regretteront sa présence presque autant que la tension qui règne entre les trois autres femmes ; c'est un rappel silencieux qu'aucune histoire ne se limite jamais à un seul espace ou à un seul moment, et que certaines histoires refusent obstinément de s'adapter à l'urgence qui les presse de l'extérieur dans les heures qui suivent la mort. Ce faisant, la présence « non applicable » de Sloane approfondit l'examen que fait le roman des limites de la mémoire et de notre relation changeante au temps.

Une conclusion pragmatique à retenir est que les silences et les omissions, tout autant que les mots prononcés, contribuent à structurer notre compréhension. Entendre la réponse ne peut que révéler certains agendas cachés et secrets, qu'ils ne veulent pas dévoiler. Tout comme il peut parfois être éclairant d'observer ce qui n'est pas dit, écouter ce qui ne se dit pas fournit une image qui lui est propre.

Tremblant légèrement, Mila ouvrit le tiroir encombré du bureau, et sa main effleura des reçus froissés et des papiers tachés de café froid avant qu'elle ne trouve ce qu'elle cherchait : un petit enregistreur vocal modeste. L'appareil pesait plus lourd qu'il n'y paraissait, sa surface en plastique était usée par des années d'utilisation, mais il dégageait une certaine assurance. L'odeur du papier vieux et du café séché flottait autour d'elle, et elle ferma les yeux pour ne pas devenir encore plus anxieuse. Elle détacha la bande adhésive et appuya sur le bouton, essayant de respirer profondément et régulièrement tandis qu'elle ouvrait l'appareil, ses doigts tremblant sur le plastique froid. Tous les bruits ambiants semblaient s'être tus autour d'elle, et elle retint son souffle lorsqu'un bruit sourd provenant de l'intérieur du petit appareil parvint à ses oreilles.

Le cœur battant à tout rompre, elle appuya sur le bouton « lecture », remplissant instantanément la pièce silencieuse du faible crépitement de la voix de Julien. Au début, celle-ci était instable, comme s'il luttait pour maîtriser ses émotions, mais elle se raffermit ensuite et devint plus froide. Mila tendit l'oreille, écoutant chaque mot, marquant des pauses, essayant de suivre chaque inflexion alors que Julien commençait à paraître... différent, d'une manière qui lui donnait des frissons dans le ventre. Elle savait qu'il jouait, la taquinait et la dominait, même dans son silence. Alors qu'il parlait avec une intention si prudente, elle entendait en lui quelque chose qu'elle n'avait jamais entendu auparavant, confrontée à une situation comme celle-ci. Sa voix, basse et mesurée, résonnait sur les planches de bois, remplissant l'espace négatif de la pièce sombre d'ombres. À cet instant, Mila comprit qu'il ne s'agissait pas simplement d'un enregistrement, mais d'une fin de partie, d'une chorégraphie minutieuse qui l'avait prise au piège dans une toile de tromperies qu'elle pouvait encore à peine comprendre.

Alors que la voix tremblante remplissait la pièce — les mots étaient presque chuchotés —, elle relança l'enregistrement, comme si elle espérait trouver une signification dans les nuances de la cadence. Julien était passé maître dans l'art du puzzle, ses mots étant autant de pièces qui finissaient par combler les lacunes. Chaque silence, chaque pause était chargé d'intention. Lorsque sa « décision finale » sortit de sa bouche, elle resta suspendue dans l'air comme une étrange mélodie, pleine de regrets et de détermination. Un sarcasme légèrement amer s'insinua dans son ton, se mêlant à un détachement inquiétant qui révélait le fonctionnement de son esprit. La manière dont il jouait avec le silence donnait l'impression qu'il voulait que la personne présente apprécie la gravité de sa décision, mettant en scène une sortie digne d'un maître. La faible lumière de la lampe de bureau clignotait et projetait de longues ombres tandis que Mila se penchait plus près, le cœur battant à tout rompre dans sa poitrine. C'est seulement à ce moment-là, pour la première fois, qu'elle comprit qu'il lui avait laissé une piste, un message secret conçu comme une dernière vérité troublante à décoder.

L'inspecteur Byrne était assis à son bureau, les yeux plissés, concentré. Des centaines de dossiers s'empilaient sur son bureau, dont n'importe lequel pouvait clarifier les circonstances de sa mort. La faible lumière de sa lampe de bureau projetait des ombres nettes qui ne faisaient que souligner le désordre qui régnait dans le petit bureau. Une tasse de café à moitié vide était posée dangereusement près du bord, témoignant des heures passées à examiner des preuves et à suivre des rumeurs. À côté se trouvait un enregistreur vocal récemment découvert, minuscule et épuré au milieu du désordre. Ce n'était pas un simple gadget, mais un élément susceptible de changer la donne dans une affaire qui occupait déjà ses pensées depuis des jours.

Alors qu'elle ouvrait le premier dossier, un sentiment irrésistible de reconnaissance l'envahit. Des photos de silhouettes tracées à la craie s'étalaient devant elle : froides, cliniques. La vue de Vane dans une mare de sang sous les lumières vives avait été horrible. Les rapports exposaient les premières théories : causes naturelles, overdose accidentelle ou suicide tragique. Les deux scénarios la troublaient, mais quelque chose ne collait pas. Elle sentait les petits détails lui échapper, comme les ombres qui glissaient sur les bords de son bureau. Les voix des trois femmes — Marie, Sloane et Mila — semblaient presque s'adresser directement à elle, trois histoires individuelles issues d'une seule et même source, qui cachaient toutes plus qu'elles ne révélaient. Puis son regard fut attiré par le flash de l'enregistreur vocal, et elle ne voulut pas en entendre parler.

Byrne prit une profonde inspiration et appuya sur le bouton « play » de l'enregistreur. Le grésillement de l'appareil rompit le silence de la pièce, empreinte d'une atmosphère lourde d'angoisse. La mauvaise qualité du son ne fit que souligner le ton désespéré de la voix de Vane. Il s'exprimait avec une clarté qui lui donna des frissons dans le dos, ses mots s'entremêlant aux siens. Son cœur battait à tout rompre tandis qu'elle lisait chaque mot, l'énormité de leurs implications s'abattant sur elle comme un linceul de plomb. Ce n'était pas une simple confession ; cela ressemblait plutôt à une performance finement ciselée pour un public qui se vantait d'aimer le théâtre. Plus elle écoutait, plus elle comprenait à quel point chaque pause et chaque syllabe hésitante avaient été soigneusement calculées pour influencer non seulement son destin, mais aussi celui des trois femmes qui le pleuraient.

Plus elle se plongeait dans l'enregistrement, plus cela lui semblait clair : Julien n'était pas simplement mort ; il avait créé une histoire, une histoire qui présentait sa vie et sa mort comme faisant partie d'une œuvre finale et triste. Son désir d'héritage et de contrôle transparaissait dans chaque mot. Il était troublant de penser à quel point il avait délibérément calculé tout cela. Il faisait à la fois partie des marginaux dont il chantait la cause et tirait les ficelles depuis l'au-delà, s'assurant que sa vie resterait une énigme qui séduirait et déconcerterait ceux qu'il avait laissés derrière lui. L'inspectrice Byrne avait l'impression de ne pas écouter une victime, mais l'architecte d'une supercherie. Elle serra les poings en prenant conscience de cela. Le meurtre parfait n'était pas une question de sang, mais de narration, et Julien en avait lui-même écrit le dernier chapitre.

23

LE MÉMO VOCAL

LE COMBAT

Marie colla le téléphone contre son oreille. Le léger grésillement du mémo vocal emplit la pièce silencieuse comme un orage éclatant au-dessus de sa tête. La voix sèche et tendue de Mila, qui tranchait avec les mots lourds échangés avec Julien, lui coupa le souffle. La dispute était vive, et les voix montaient et descendaient comme des vagues déferlant au ralenti. Leur ton était cassant ; la colère était contenue sous un calme fragile qui se brisait sous de discrètes fissures d'accusation. Le bruit sourd de quelque chose frappant le bois et la brève bagarre que Marie entendit en dehors des voix lui donnèrent la chair de poule.

Chaque son avait une signification. La personne qui parlait captait les bruits de pas étouffés, les expirations brusques et les grognements soudains et indubitables de quelqu'un en détresse. C'était brut et sans filtre, violent et terrible, comme un combat privé mis à nu et placé directement dans ses oreilles. Les doigts de Marie tremblaient légèrement, comme si le stress pouvait jaillir du téléphone et l'agripper. Elle sentait une oppression dans sa poitrine, comme si quelqu'un se noyait en silence mais haletait pour respirer. Puis il y eut une retraite rapide : les pas rapides de Mila s'estompèrent dans le lointain, comme un écho s'évanouissant dans l'obscurité. Marie eut soudainement plus froid. Le bruit d'une porte qui se fermait au loin lui rappela qu'elle était seule avec cette tempête enregistrée.

Le silence autour de Marie devint plus assourdissant à mesure que les voix s'évanouissaient. Les pas de Mila qui s'enfuyait ne marquaient pas seulement la fin d'une dispute ; ils annonçaient le début de quelque chose de plus sombre, une fissure qu'elle ne pensait pas pouvoir réparer. Marie resta immobile, et même après que la cassette se fut arrêtée, elle pouvait encore l'entendre dans sa tête. Son cœur battait à tout rompre, entre la peur et l'incrédulité.

Avant la poussée, la tension était presque insupportable. Marie pensait à quel point ce moment était lourd, comme le genre de pression qui vous donne la chair de poule et vous serre les poumons. Puis, tout à coup, l'enregistrement a capté le bruit indubitable d'une poussée : rapide, forte et tout à fait réelle. Elle pouvait clairement entendre le bruit dans ses oreilles ; c'était un bruit sourd contre le sol qui l'avait secouée comme un coup soudain. C'était le genre de bruit qui lui avait fait retenir son souffle sans qu'elle y pense et qui avait accéléré son rythme cardiaque, comme si elle était là, regardant la scène se dérouler au ralenti.

Après cela, il y eut un court silence tendu, comme si le monde attendait que quelque chose se passe. Puis la voix de Julien revint, plus assurée cette fois. Il était essoufflé, mais étrangement calme au milieu de tout ce bruit. Elle pouvait l'entendre se lever, bouger et entendre le plancher craquer légèrement sous son poids. Julien était toujours là, fort, calme et maître de lui, même après la bagarre, la chute et le choc. La façon dont il bougeait montrait qu'il avait réfléchi à chaque seconde et qu'il n'allait pas se laisser affecter par ce qui venait de se passer.

Enfin, le bruit de la porte qui se verrouillait doucement mais délibérément rompit le silence ambiant. C'était un geste insignifiant, mais chargé de sens, comme si l'on érigeait un mur pour empêcher le monde extérieur et tout ce qui était indésirable d'entrer dans la pièce. Ce verrou n'était pas seulement une mesure de sécurité, c'était une déclaration, une barrière ultime contre toute personne non invitée. Marie pouvait deviner à quel point Julien avait soigneusement planifié ses derniers gestes en voyant comment il contrôlait ce que les gens voyaient et entendaient. L'enregistrement était terminé, mais la poussée, la chute et le verrouillage restaient gravés dans son esprit.

Marie (écoutant) : la voix de Julien. « Ce n'est pas suffisant. » Il a avoué qu'il souffrait d'une maladie neurologique et a révélé son dernier plan. Elle l'entend se frapper la tête, placer des drogues et dire : « Laissez-les raconter l'histoire... »

La voix de Julien rompit soudainement le silence pesant qui régnait dans la pièce. Elle était plus aiguë et plus autoritaire que ce à quoi tout le monde s'attendait. C'était presque comme si un fantôme se cachait juste sous la surface de sa voix, prêt à s'immiscer dans la conversation. Elle n'était pas forte, mais elle était lourde. Elle traversait les espaces entre les mots et s'installait profondément dans l'esprit de l'auditeur. Certaines nuits, quand tout le monde le croyait perdu dans ses pensées ou lointain, il se parlait à lui-même d'une voix douce, comme s'il se confiait des secrets. D'autres fois, sa voix était frénétique et il s'exprimait par des phrases tranchantes qui montraient qu'il était à bout. À présent, dans ces derniers instants, sa voix avait un pouvoir étrange, comme le dernier message de quelqu'un qui savait qu'il allait laisser derrière lui tout ce qu'il connaissait.

La confession de Julien s'est faite lentement, dans un mélange confus de mots qui laissaient entrevoir quelque chose de plus sombre caché derrière son image publique. Il avait dit, d'une voix calme, presque usée, qui résonnait dans le silence de la pièce : « Ce n'est pas suffisant. » Ces mots semblaient lourds, comme s'il admettait un échec qui allait au-delà de son écriture ou de sa réputation. Plus tard, lorsque les enquêteurs ont évalué son état mental, ils ont trouvé des signes d'une maladie neurologique, probablement un déclin lent et progressif qu'il avait caché à la plupart des gens. Ses mots semblaient être une tentative désespérée d'attirer l'attention avant que son corps ne lâche complètement. Il savait qu'il était en train de se perdre, que son esprit s'éteignait jour après jour, et il ne voulait pas qu'on se souvienne de lui comme d'une personne malade et perdue.

Julien se frappait souvent doucement la tête lorsqu'il avait de la fièvre et tremblait. C'était un tic nerveux qui s'aggravait au fil des jours. Le bruit de sa main frappant son crâne reflétait la douleur qu'il était incapable d'exprimer verbalement. Il le faisait peut-être pour se punir ou pour se calmer au milieu du chaos qui régnait dans son esprit. Il marmonnait parfois des mots étranges qui ressemblaient à des fragments d'une histoire que lui seul comprenait. Et puis, il lui arrivait de cacher de petites quantités de drogue dans des endroits où il savait que personne d'autre ne chercherait. Ces actions n'étaient pas aléatoires ; elles semblaient faire partie d'un plan soigneusement élaboré. C'était comme s'il essayait de contrôler sa fin d'une manière que personne d'autre ne pouvait faire.

Une nuit, alors que les ombres s'allongeaient dans la pièce, Julien était assis seul, la voix faible et tremblante. Son regard était lointain et vague, mais semblait également empreint d'une froide lucidité. Il murmura soudainement : « Laissez-les raconter l'histoire... » Sa voix résonna dans la pièce, pleine de sens. Ce n'était pas seulement une demande de contrôle sur l'histoire, c'était une déclaration de défi. Julien ne voulait pas que quelqu'un d'autre décide comment il allait mourir ; il voulait que ce soit lui qui raconte son histoire. On pouvait entendre un léger grattement pendant qu'il parlait. Il se frappait à nouveau la tête, à un rythme lent et délibéré qui pouvait être un avertissement ou un signe. Ses mains tremblaient alors qu'il se penchait en avant et appuyait sur l'arrière de sa tête. Sa voix était à peine audible, mais elle était pleine de détermination. Les mots restèrent suspendus dans l'air après qu'il eut cessé de parler, résonnant dans le silence et laissant transparaître son intention finale.

Plus tard, dans le calme de la nuit, quelqu'un l'a trouvé assis au bord de son lit, encore en vie mais inconscient. La scène ressemblait presque à un cabinet médical, avec des flacons de médicaments à proximité et une légère odeur de médicament amer dans l'air. Plus tôt dans la journée, Julien avait mis des médicaments dans sa trousse médicale. Au début, cela semblait innocent, mais ses paroles étranges ont ensuite pris tout leur sens. Chaque cicatrice et chaque tremblement sur son corps révélaient une histoire qu'il espérait garder secrète. Le plus troublant était peut-être son désir d'écrire sa fin, de créer la scène finale parfaite qui perdurerait même après sa mort. Et c'est ce qui rendait le mystère si effrayant : Julien était devenu le maître de son histoire, même après sa mort, laissant derrière lui une série d'indices que seuls ceux qui y prêtaient attention pouvaient déchiffrer.

Son dernier geste fut modeste, mais prémédité. Certains pensaient qu'il était tombé dans un sommeil éternel, tandis que d'autres pensaient qu'il s'agissait simplement d'un triste accident. Mais Julien avait planifié son départ avec le même soin qu'un écrivain planifiant le dernier chapitre d'un livre. Il inventa une histoire à propos d'une maladie neurodégénérative qui lui faisait perdre la mémoire et ses capacités motrices. La véritable raison pour laquelle il voulait partir était de laisser derrière lui une histoire si complexe et si riche que personne ne pourrait prétendre la comprendre entièrement. Ses derniers mots, ses dernières touches et ses notes cachées montraient tous qu'il était un homme qui voulait contrôler son héritage même si son corps était en train de se décomposer. Lorsque l'enquête a atteint un tournant, la vérité est sortie dans un murmure : Julien avait planifié sa mort comme une dernière œuvre d'art malsaine. Cela m'a frappé : Julien ne voulait pas abandonner le contrôle, même après sa mort. Il a écrit son histoire selon ses propres conditions.

24
LE MÉMO VOCAL

La « vérité »

Un silence de mort régnait dans la pièce lorsque la voix de Julien retentit, forte, aiguë et autoritaire, d'une manière que personne n'avait prévue. Sa voix avait tendance à se fondre dans le tissu de la conversation, un peu comme un fantôme suspendu juste derrière les coutures. Elle n'était pas forte, mais elle se posait quelque part, entre les mots et dans l'esprit de l'auditeur. Parfois, ces nuits-là, lorsqu'il était certain que personne d'autre ne pouvait l'entendre ou que tout le monde était déjà endormi, il se parlait doucement à lui-même, comme s'il partageait des secrets. Parfois, sa voix devenait frénétique, prononçant des phrases courtes qui révélaient un esprit à bout. À présent, dans ces derniers instants, sa voix avait une étrange gravité, comme la dernière déclaration de quelqu'un qui savait qu'il allait laisser derrière lui tout ce qu'il connaissait.

Progressivement, cependant, la confession de Julien s'est dévoilée ; un enchevêtrement impénétrable de mots confus qui a révélé à Jackson à quel point l'âme derrière son image publique était profondément troublée. « Ce n'est pas suffisant », m'avait-il dit, d'une voix calme, presque lasse, qui résonnait dans le silence de la pièce. Il prononça ces mots comme s'ils étaient lourds, comme s'il concédait une perte qui allait au-delà de son écriture et de sa réputation. Bien plus tard, lorsque les chercheurs reconstituèrent ce qui se passait dans son esprit, les indices menèrent à une maladie neurologique, probablement un long et lent déclin qu'il avait caché à presque tout le monde. C'était la dernière demande désespérée d'un aveugle, qui voulait être écouté avant que son corps ne le lâche complètement. En réalité, il savait qu'il était en train de se perdre, que son esprit s'éteignait jour après jour, et il ne voulait pas qu'on se souvienne de lui comme d'une personne terrassée par la maladie.

Fiévreux et déséquilibré, Julien se cognait fréquemment la tête légèrement — un tic nerveux qui s'intensifiait chaque jour qui passait. Le bruit sourd de sa main frappant le côté de son crâne résonnait comme des mots douloureux qu'il ne pouvait prononcer. C'était une forme d'auto-punition ou peut-être un moyen de rester ancré dans le chaos de son esprit qui s'effondrait. D'autres fois, il marmonnait des phrases étranges qui ressemblaient à des bribes d'une histoire que personne d'autre ne connaissait. Et puis il y avait des moments où il déposait de petites quantités de drogue à divers endroits, réfléchissant soigneusement aux endroits où il savait que personne d'autre ne pourrait les trouver. Ce n'étaient pas des actes d'autodestruction aléatoires, mais plutôt les éléments d'un plan final mûrement réfléchi, comme s'il essayait de contrôler sa fin d'une manière que personne d'autre ne pouvait faire.

Un soir, alors que les ombres s'allongeaient dans un coin de la pièce, Julien était assis seul, la voix feutrée et tremblante. Son regard était distant et lointain, à la fois flou et d'une acuité glaciale. Puis, soudain, il se dit : « Qu'ils racontent l'histoire... » Sa voix résonna dans la pièce comme quelque chose de plus qu'un simple son. Ce n'était pas seulement une demande de contrôle narratif, c'était un acte de défi. Il voulait que sa mort soit une histoire qu'il avait écrite, et non un accident ou une tragédie qu'un autre pourrait scénariser à sa place. Pendant qu'il parlait, on pouvait entendre le léger grattement de quelque chose de dur contre le bois : il se cognait la tête une fois de plus, dans un rythme lent et délibéré qui pouvait être un avertissement ou une sorte de symbole. Ses mains tremblaient tandis qu'il se penchait en avant, la tête penchée en arrière, la voix à peine plus qu'un murmure, mais ferme. Les mots restèrent suspendus dans l'air, comme un écho fantomatique dans le silence qui suivit lorsqu'il se tut, et ils étaient froids, comme ce qui aurait pu être son dernier souhait.

Plus tard, alors que la nuit était calme, quelqu'un l'a trouvé assis au bord de son lit, inconscient mais vivant. La scène était presque clinique : des flacons de médicaments à proximité, une odeur de médicament amer dans l'air. Plus tôt dans la journée, Julien avait caché des médicaments dans ses fournitures médicales, ce qui semblait être un échange inoffensif à ce moment-là, mais qui prit soudainement tout son sens à la lumière de ses paroles. Son corps était une carte de secrets, une série de cicatrices et de tics qui racontaient leur histoire par bribes et morceaux qu'il espérait ne jamais voir reliés entre eux. Mais, surtout, peut-être, il ressentait le besoin de façonner sa propre fin, une scène finale si parfaite qu'elle pourrait survivre même à son propre esprit. Et c'est précisément ce qui rendait le mystère si effrayant : Julien avait maîtrisé le contrôle narratif même après sa mort, laissant derrière lui une série d'indices que seuls ceux qui prenaient le temps de chercher pouvaient vraiment discerner.

Son dernier geste était modéré, mais intentionnel. Pour certains, il semblait être tombé dans un sommeil éternel ; pour d'autres, dans un sommeil fatal. Mais, derrière tout cela, Julien avait écrit son départ avec la précision d'un auteur littéraire qui planifie le dernier chapitre d'un roman. La maladie neurodégénérative qui avait envahi ses souvenirs et ses membres mobiles ne lui avait en réalité rien volé, disait-il. Ce n'était qu'une couverture : son véritable objectif était de laisser derrière lui un récit si complexe et déroutant que personne ne pourrait prétendre l'avoir totalement compris. Ses derniers mots, sa touche finale, ses notes cachées — tout cela témoignait d'un homme qui voulait désespérément gérer son héritage alors même que son corps le trahissait. Puis, lorsque l'enquête a finalement pris un tournant, la terrible vérité a été murmurée : Julien avait simulé sa propre mort, dans une dernière œuvre d'art déformée. Ce fut une prise de conscience bouleversante : même dans la mort, Julien ne renonçait pas à sa domination, réécrivant son récit selon ses propres termes.

25

LA NOUVELLE « RÉALITÉ »

La pièce dans laquelle elle se trouve semble étouffante, comme si les couches du passé et du futur l'envahissaient de toutes parts. Elle peut presque sentir les murmures de l'histoire alimenter ces moments de douleur et de trahison qui l'ont amenée ici, à ce moment crucial où la vérité rencontre le récit. Le tic-tac de l'horloge est assourdissant ; il lui rappelle constamment que le temps presse et qu'une minute peut faire toute la différence.

Julien aimait les histoires que sa vie pouvait raconter, la façon dont il les transformait en quelque chose d'épique et de significatif. Mais, qu'avait-il réellement laissé derrière lui ? Son génie avait été terni par son dernier acte, une tragédie qu'il avait lui-même provoquée afin de piéger ceux qu'il aimait le plus. Marie réfléchit à ce qu'elle possède ; les souvenirs seuls peuvent être déformés et transformés en un récit de remplissage qui plaira à la majorité. Mais, quelle est la valeur d'une histoire si elle doit être achetée au détriment de la réalité ? Elle se tortille, la moralité de sa manœuvre imminente la troublant clairement.

Trahissait-elle Julien ou se sauvait-elle simplement d'un destin inextricablement lié à une vérité si complexe que personne ne pouvait la comprendre ? À cet instant, une vague de soulagement et d'horreur l'envahit lorsqu'elle réalise à quel point cette décision pourrait tout changer. Julien avait écrit la fin de sa vie comme une pièce de théâtre, et elle se retrouvait soudainement dans le rôle principal, avec des mots qu'elle n'avait pas composés.

Avec l'enregistreur éteint et la finalité qui s'installe, Marie ressent l'atmosphère qui l'entoure : dense, électrique. Le monde extérieur ne prête toujours pas attention ; il est bercé par des mythologies faciles qui lui donnent un sentiment de sécurité. Mais, elle est là, prise dans une toile de tromperies qui s'étend de son mari à sa propre identité. Elle imagine déjà les gros titres : « La mort tragique d'une artiste » ou « La disparition d'un génie ». Chacun d'entre eux raconte une histoire, chacun d'entre eux s'éloigne de la vérité qu'elle connaît. À cet instant, Marieserre les dents et se prépare à affronter l'avenir qu'elle s'est forgé, un avenir tissé d'ombres et de murmures où la vérité ne trouvera peut-être jamais sa place.

La faible lumière de la lampe de bureau projetait de longues ombres dans le bureau en désordre, qui sentait le vieux café et était jonché de papiers. Sloane serra plus fort le téléphone, et la communication était un peu parasitée car elle était très éloignée de son interlocuteur. Sa voix rompit le silence, ferme mais suffisamment tranchante pour porter le poids de son choix : Oublie Julien. Mila Novak est la véritable histoire. Je vais la signer. Cette déclaration était sans hésitation ni doute. Elle se pencha en arrière un instant, les yeux plissés, tandis que la finalité de ces mots emplissait la pièce. Une nouvelle vague de détermination rompit le silence.

Les gens discutaient de la mort de Julien depuis des jours. Ils chuchotaient des théories et faisaient des suppositions à voix basse, tout cela mêlé au chaos de son héritage en déclin. Mais, Sloane avait vu au-delà des apparences, du chagrin artificiel et de la tragédie théâtrale. Les pièces du puzzle ne s'emboîtaient plus ; une nouvelle forme se dessinait sous le bruit. Cette forme était Mila Novak, une jeune femme féroce qui respirait dans l'ombre de Julien tout en racontant sa propre histoire, plus tranchante. Le présent était l'histoire qui comptait le plus. Son instinct lui disait que Mila était la clé pour récupérer tout ce qui avait été perdu à cause de la mort de Julien. Et elle n'allait laisser personne d'autre le dire avant elle.

Pendant un instant, la file d'attente resta silencieuse, puis Sloane reprit la parole, ramenant la personne au centre de l'attention. Quoi qu'il arrive, je convaincrai Mila. Elle a un réel pouvoir ; le reste n'est que bruit. Sa voix s'adoucit et laissa transparaître une rare touche d'urgence, révélant l'adrénaline qui montait en elle. Cette mission était plus qu'une affaire banale ; c'était une dernière chance de redresser la situation et de se remettre sur pied dans un monde qui n'hésitait pas à la rayer de la carte. Julien s'affaiblissait, mais Mila devenait plus puissante, et Sloane était prête à la rattraper avant qu'elle n'atteigne les sommets vertigineux d'où Julien était tombé.

La voix de Sloane restait calme, mais son esprit tournait à toute vitesse, pensant à tout ce qu'elle avait à faire. Il ne s'agissait pas seulement de trouver des personnes talentueuses pour signer Mila Novak, mais également de contrôler l'histoire qui allait bouleverser le monde littéraire. Elle connaissait l'histoire de Mila mieux que quiconque. Elle savait tout de sa relation compliquée avec Julien et de la culpabilité presque palpable dans chaque mot qu'elle avait prononcé lors de leur brève et tendue rencontre. Chaque geste de Mila était empreint d'ambition, et des secrets dangereux et délicats attendaient d'être révélés. Ce mélange instable rendait Mila parfaite pour une histoire qui se vendrait toute seule, mais cela signifiait également que Sloane devait agir rapidement et avec sagesse.

Elle réfléchit à la rédaction du pitch, une histoire sombre et profonde, pleine de regrets cachés et de trahisons murmurées. L'ascension de Mila sur les cendres de la chute de Julien n'allait pas simplement se produire ; elle devait se produire. L'histoire captiverait les lecteurs non pas avec des rebondissements spectaculaires ou des confrontations violentes, mais avec l'accumulation progressive de souffrances personnelles et de changements d'allégeances. Sloane savait que cette histoire amènerait les lecteurs à réfléchir à leurs convictions et à se demander ce qui était vrai et ce qui était un mensonge soigneusement élaboré. C'était le genre d'histoire dont le monde avait besoin, une histoire qui vous donnait envie d'en savoir toujours plus.

Sloane exposa les premières étapes tout en parlant : des réunions secrètes avec Mila, l'organisation d'interviews qui brouillaient les frontières entre confession et performance, et le maintien des versions contradictoires juste assez pour susciter l'intérêt du public sans jamais le laisser déborder. Elle reprendrait le contrôle de l'héritage de Julien en concentrant l'attention du public sur la culpabilité et l'ambition de Mila. Ce n'était pas seulement un plan d'affaires, c'était un moyen de reprendre le contrôle. Si la vérité de Mila devenait l'histoire acceptée, Sloane s'élèverait avec elle, devenant ainsi la force derrière la sensation littéraire la plus mystérieuse et la plus captivante de l'année.

Le timing, les murmures, et même les espaces entre les lignes étaient tous cruciaux. Sloane savait qu'avec l'histoire de Mila, elle ne vendait pas seulement un livre ; elle vendait une expérience et une voix qui amenaient les lecteurs à remettre en question ce qu'ils pensaient savoir sur la vérité et la mémoire. Mila possédait un avantage unique dans cette histoire compliquée que personne d'autre ne pouvait égaler. Et Sloane était prête à tout pour s'assurer que personne d'autre ne la devance. L'appel téléphonique prit fin, mais le plan était déjà en marche. Le changement d'orientation était aussi évident que la légère odeur de pluie sur la vitre du bureau plongé dans l'obscurité.

Parfois, les meilleures histoires ne sont pas celles qui font beaucoup de bruit. Ce sont celles qui vous mettent mal à l'aise et qui restent gravées dans votre mémoire longtemps après que vous les ayez lues. Lorsque vous réalisez que tout ce que vous pensiez savoir est peut-être faux, c'est là qu'une histoire vous captive vraiment. Lorsque Sloane a pris cette décision, elle savait exactement quel genre d'histoire elle voulait raconter : une histoire établie sur des bribes de vérité, des secrets cachés et la relation complexe, parfois dangereuse, entre la culpabilité et l'ambition. C'était le genre d'histoire qui change des vies, modifie les rapports de force et laisse tout le monde un peu différent à la fin.

Mila était au milieu de sa petite chambre d'hôtel, en train de trier et d'empiler ses vêtements. L'odeur de l'encre fraîche et un léger parfum de fumée de cigare flottaient dans la pièce, saturant l'air d'un mélange de créativité et de réflexion nocturne. Sur le lit, ses valises étaient à moitié remplies, reflétant parfaitement sa nature méticuleuse. Chaque article avait été choisi avec soin : deux chemisiers en soie, un jean foncé et son écharpe préférée. Elle jeta un dernier coup d'œil à son téléphone pour vérifier ses rappels, et devant elle s'étendait une série d'événements flous : interviews, séances de dédicaces, conversations qui allaient remplir les prochaines semaines. Elle redressa son blazer, repassant dans sa tête les histoires qu'elle allait raconter, cherchant les mots qui intéresseraient son public, suggérant peut-être même qu'il soupçonne certaines vérités derrière cette histoire et le récit qu'elle souhaitait raconter.

« Très bien », soupira-t-elle, un sourire satisfait se dessinant sur son visage alors qu'elle se dirigeait vers le petit bureau près de la fenêtre, encombré de prospectus promotionnels et d'autres accessoires. Des tracts, des marque-pages et des coupures de presse, soigneusement empilés en rangées. Elle répéta ses premières phrases à voix basse, préparant sa voix, essayant à la fois de paraître confiante, et d'être elle-même. Ses doigts tremblaient lorsqu'elle souleva une carte avec ses notes, l'excitation et la nervosité lui nouant l'estomac. Cette tournée avait quelque chose de différent : elle était plus personnelle, plus complexe qu'auparavant. Elle savait que chaque interview pouvait potentiellement révéler quelque chose qu'elle n'avait pas l'intention de dévoiler, ou pire encore : révéler des secrets qu'elle ne pouvait se permettre de divulguer. La foule était enthousiaste, et une partie d'elle-même se demandait si elle pourrait supporter la pression de leur intérêt et de ses doutes.

En relisant ses documents, Mila repensa à la dispute qu'elle avait eue avec Julien quelques jours plus tôt. Elle sentit l'amertume du café dans sa bouche et se souvint à quelle vitesse elle s'était enfuie de chez lui, serrant son manuscrit contre sa poitrine. Elle connaissait la vérité : la dispute avait été violente ; elle avait peut-être dépassé les bornes dans ses propos. Parfois, elle se demandait si ses peurs et sa culpabilité ne brouillaient pas son jugement. Était-elle vraiment responsable de sa chute ? Ou s'agissait-il simplement d'un autre incident dans une interminable série de moments inexplicables ? Ses yeux, grands et sombres, reflétaient un besoin inexprimé, un torrent retenu derrière ses lèvres, tandis que toutes les demandes qu'elle n'osait pas lui faire dépassaient les limites imposées depuis trop longtemps, la fixant jusqu'à ce qu'Elena se demande si elle pouvait assumer le rôle qu'elle avait joué dans l'histoire de Julien. Le manuscrit sombre, sa police d'assurance et sa malédiction, se trouvait quelque part dans le sac, attendant d'être utilisé ou abandonné. Le poids de ses secrets était lourd alors qu'elle faisait ses derniers pas vers l'avenir avant qu'ils n'ouvrent ces portes, où plus rien ne serait jamais pareil.

C'était en fin d'après-midi, et l'inspectrice Byrne était assise derrière son bureau encombré de dossiers, tandis que le soleil filtrait à travers les stores, créant des rayures sur les rideaux. Ils n'entendaient pas l'agitation habituelle de leur commissariat, mais un silence de mort régnait au-dessus et autour d'eux ! Elle se renversa dans sa chaise et passa en revue les copies papier. Chaque élément semblait réclamer son attention. Les images du corps sans vie de Julien Vane, les flacons de médicaments et les déclarations des témoins tourbillonnaient dans sa tête dans un tourbillon de chaos confus. Cependant, une chose était très claire pour Belle : toutes ces preuves avaient été accumulées contre Marie West. Comme cardiologue, la confiance froide et indéniable de Marie semblait presque trop parfaite par rapport à la tempête de soupçons qui planait au-dessus de sa tête. Pourtant, Byrne avait le sentiment tenace qu'il y avait plus à découvrir sous la surface. Les faits le confirmaient, de manière lourde et incontournable, suggérant à la fois que Marie était l'ennemie jurée, et la responsable de toute la destruction de Julien.

Byrne avait passé un nombre incalculable d'heures à éplucher les dossiers, et la balance de la justice penchait fortement dans un sens. Des témoins avaient vu Marie près de l'appartement plus tôt dans la soirée où Julien était mort. « Les témoins indiquent », selon le Post, que le fait qu'elle soit restée sur place et ait adopté une attitude suspecte lors de son arrestation a renforcé la détermination de Byrne. Les médicaments découverts sur les lieux — un mélange d'analgésiques opioïdes et d'anxiolytiques — ont attiré l'attention sur l'ensemble du problème. Les compétences expertes de Marie faisaient d'elle la principale suspecte ; une femme dont les seules connaissances approfondies concernaient les subtilités de la médecine pouvait-elle être aussi calculatrice ? L'inspectrice Byrne réfléchit aux implications : il fallait un professionnalisme hors du commun pour qu'une femme puisse peser aussi lourdement sur la vie de son mari. C'était froid et effrayant, mais tellement fascinant que cela lui donnait envie de fouiller dans les recoins de la vie parfaite de Marie.

La tension était palpable dans le bureau du procureur lorsque l'inspectrice Byrne présenta son dossier. Les murs autour d'elle, couverts de plaques et de résolutions d'affaires, témoignaient de la gravité de ses convictions. Elle exposa les preuves contre Marie West d'un ton assuré.

« Nous avons un dossier en béton », dit-elle avec emphase, en regardant le procureur dans les yeux, celui-ci se penchant en avant et tapotant nerveusement son bureau avec son stylo. La tension dans la pièce était palpable tandis que Byrne feuilletait les papiers sur son bureau, prête à dissiper une partie de l'ambiguïté qui planait sur l'ensemble de l'affaire.

« Regardez la chronologie... », commença-t-elle en montrant du doigt un tableau couvert de notes et de flèches. « Marie est la dernière personne à avoir été vue avec Julien. La personne qui l'a placée dans l'appartement n'a aucune raison de mentir. Le médicament – son médicament – se trouvait dans son organisme, ainsi qu'un autre médicament qu'elle n'aurait pas pu se procurer sans éveiller les soupçons. C'est trop beau pour être vrai ; tout s'emboîte parfaitement. »

Chaque point qu'elle soulevait semblait être un pas vers une conclusion, poussant le récit vers la culpabilité de quelqu'un. La manière dont Marie avait tenté de gérer le récit en disait beaucoup sur son caractère. Bien que son esprit clinique puisse plaider en faveur de l'innocence et de la possibilité de prolonger une vie, Byrne ne semble pas en avoir fini avec ce contrôle. Et derrière cet effort, il y avait quelque chose de policier dans la mise en place que Byrne voulait démanteler.

Byrne pouvait presque voir le procureur réfléchir aux différentes options. Allaient-ils accepter les faits tels qu'ils étaient ? Ou auraient-ils besoin d'en savoir plus avant de demander une mise en accusation ? Les enjeux étaient élevés, et la triste histoire de Julien semblait vouée à résonner à jamais sans trouver de résolution. Le mobile, pensait-elle, était aussi solide que les preuves ; être constamment sous les projecteurs ne pouvait que rendre fou quiconque se trouvait au bord de la folie.

« La carrière de Marie s'effondrerait complètement sous le poids des critiques. À elle seule, cette raison pourrait suffire à la pousser à prendre des mesures désespérées », insista Byrne, essayant d'éveiller le sentiment d'urgence chez ses collègues.

Pourraient-ils convaincre le procureur ? On pourrait croire que la vérité de quelqu'un pourrait captiver comme la dernière représentation d'un artiste, si seulement ils pouvaient faire avancer cette affaire avant que le chagrin causé par Julien Vane ne soit rempli de mensonges sombres.